舜徽书系

学问思辨,乃求知之事,必先明于至善之所在,而后笃行不惑

舜徽书系

朱峙三烽火日记（第三册）

◎ 朱峙三／著

华中师范大学出版社

八月

初一日　晴　九月二日　星期一

六时起，匆匆与贡之到处，未几各厅处职员、团体俱到，予以人众且虑不能久立未往。六时廿分集合各长官在门外空坪举行礼节，做军乐，此则予廿一年在武昌省府所闻者，今再闻于此，亦不胜感慨。主席训话至二小时之久，连散会已二小时四十分。职员中因阳光逼射、久立伤骨倒地者有刘习畊等三人。噫，吃饭之难矣。予于饭后向张熙光股长商之，得一室居住，借作办公地。缘从前此间虽有视察室，仅王度一人，亦未按日到公。其室在楼上，极不便，王去卢视察来此亦未办公。今予来此又只一人，无住所，不能不占一室，较方便耳。今日整天晴霁，无警报，亦奇事。晚间仍在贡九家食宿，晤及吴干城，知朱厅长对于民厅未换多人，除派三人外馀仍旧，亦是好事。十一时寝。今日与贡九多谈话。

初二日　晴热　九月三日　星期二

六时半起,至府后急清理室中各事,成家送私章来,向曾志炳补领各费,向张股长催办各①。七时与秘书长从容谈半小时,请假回寓取行李。八时带成家至民厅,朱厅长未到,请吴干城代达意志,便晤沈、邓诸人匆谈数语。虑有空袭,与成家行甚速。至七里坪便买食物数事,到家已十时,浣洗食饭未毕,十时半敌机凌空,响甚巨。天晴,空气薄,听其声愈厉也。午后三时敌机转来,过此者仅一批,今日免逃警报之苦矣。饭后小睡,起后写孙寿山、帅秘书、周春崖、卢邦俭函,为成家工饷事。写朱祐亭、辜南杰、朱伊仲、胡升各函,备明日到府时付邮。忆今日为先叔森亭公忌日,在此更不能举行祀礼矣。晚九时寝。

---

① 各,后有脱漏。

初三日 晴热 九月四日 星期三

八时半起,倦甚,足软,又虑警报,且被单须浣濯缝齐,拟明日往府。午后一时命成家送各处函发之,并至省府托包、阎二兄照顾一切。今晨六时半即有敌侦察机过此上空,午后三时半又有一机过此上空去。五时成家回,带来梅先林一信,问之府中无多事。

初四日 晴 午后阴 九月五日 星期四

七时半起,田庆考来请写信三件。饭后清理各事。午后四时自携口袋、伞件到包宅,饭后到省府宿。自无蚊帐,乃与任之同铺就其帐,此亦无办法之办法也。寝不安。

初五日　晴热　九月六日　星期五

五时半起,六时到府清理室中诸事。晚与任之同一帐,室中蚊如织,坐则足被嚼难忍。贡之来谈。十时半寝。

初六日　晴热　九月七日　星期六

五时半起,今日仍整理室中。午后与颜科长约定时间,傍晚五时半陈主席备便饭,传询各科秘谈话问政见,个别细询,予为最后。谈毕便饭,菜甚丰,有所谓伢伢鱼者,汤类鸡汤,予饮之颇美,迨出门时问之同仁乃知之,心作恶,同仁述鱼状甚可怕也。归后就寝,忽忆今日所戴新呢帽置桌上未检,在床上细默,已失去矣。此帽仅戴二日,贡之为予买者,秘书处以抽签得之,去洋五元七角,人之背时,乃如此耶。府中新旧交替,必有人注意予帽乃窃之。

民国二十九年（1940年）　八月

初七日　晴　今日白露节　九月八日　星期日

五时半起。午饭后以天气欲阴，遂将包袱、夹被携出，置贡九寓中。予遂回寓，行路十二里，汗出如渖，在七里坪买糖食数件，虑有警报，匆匆急行，到寓乃知长青已病卧室中，以药诊之，晚间乃愈。予自到府后，感想极多，归时亦愁闷不堪，抗战抗战，何时结束耶？十时寝。

初八日　大雨竟日　九月九日　星期一

八时起，昨夜天气转凉，五更闻雨声。原拟今晨到府，雨大不能行走，遂止，闷坐室中而已。晚十时寝。

初九日　雨　九月十日　星期二

七时起，知梦闲已先起去买鸡子送包贡九。予以天阴雨小，遂匆匆着皮鞋至省府，行二小时方到，汗湿衣矣。问贡之、任之各事。晚十时寝。

初十日　晴阴不定　九月十一日　星期三

五时起，七时有警报，敌机一架凌上空矣。午后清理各事。今日共跑警报四次。晚十时寝。晚闻城内南门投四弹，毁屋二重云云。

十一日　晴热甚　月明如昼　九月十二日　星期四

五时半起，六时有警报，午前共三次。十一时午饭，予匆匆毕，嘱长青在室中招呼各事，予带同传达往夏家湾监视焚毁旧债券事。饭毕即出门，未至夏家湾即有警报。今日开会，以候财政部代表未到，竟不果行，与沈碧舫、吴寿田谈各事甚久。五时半开饭，又有警报，谓敌机三架自鹤峰来，将炸何处耶？八时半予与省党部谢兰倚同路归府。九时又有警报，计今日已六七次矣。十时寝。十二时又有警报，敌机九架西飞过此。

十二日　晴热　月光大明　九月十三日　星期五

五时半起，七时有警报二次。饭后带同长青再往夏家湾，行及其半又闻警报，及抵洞口，紧急警报已作，时正午也。敌机三架盘旋于城内及土桥坝一带三四次。午后三时各代表已到齐开会，焚毁债券。七时吃饭，焚毁犹未竣事，予以时间关系早归。十时寝。

十三日　晴　晚月光大明　九月十四日　星期六

五时半起，七时以后有警报二次。午饭后闻通传明晨六时在施城内扩大纪念周，并检查清洁，五时即往；后天亦举行扩大纪念周，在省府举行云云。予以诸事不便，又兼疮疾未愈，距家又远，洗濯无具，真焦灼也。晚与任之谈各事，欲脱此间另图生活。寝不成寐。今晚在张暤乐家晚餐。

朱峙三烽火日记

十四日　晴　月明如昼　九月十五日　星期日

四时半起，五时漱毕即赴施城，赶路赶船均未及，至城内红日高上。行路热甚，衣汗湿矣。遂折归至建厅访陈肖峰谈片刻，闻有情报，遂与肖峰同出，欲至财厅问各事。行未久警报已来，与肖峰避入教育厅防空洞中，此洞不减民厅之洞。未几，敌机声大作，解除警报，遂往财厅晤及易泮香、陈寿麋、赵亨道、周武燮、王嵩生等，约半小时毕，遂行至店子坪一小店中吃午饭。未几，警报又来，仍避入民厅防空洞。午后三时赴城内监视抽签，还本公债，六时方毕，同徐秘书入酒肆晚餐。访问周鹏程，未住胜利旅馆。今日出入施城三次，足软难行，徐振麈秘书为予雇轿一乘归，甚感也。到府后疲劳甚，九时半寝。十一时半有敌机九架过上空，予起视，未避入洞也。

民国二十九年（1940年）　八月

十五日　晴　九月十六日　星期一

五时起。六时又系扩大纪念周，在府外举行，保安处、干训团均来。予与包秘书等立在第三行，朝日可晒及。未几，敌机声作，偏过上空矣。陈主席不准人视之，演说二小时半，谓已取某人所上意见，以后军事化，演毕介绍新秘书长刘千俊见面，散会。计近五天来，出差往返，行路受热，做纪念周站立动二小时至三小时，予以生活之累，屈而为此折腰，呜呼！何时战祸弭耳，俾吾侪东归耶。午饭后本拟回寓一视，以精神疲劳未果。晚间包贡九请吃饭，与贡之、任之同去。饭后与任之同步行至建厅，路上遇周一鸣谈片刻，前途戒备不能通过，遂折归。今夕无月，昙暗于天，少兴趣矣。回府后思家无已，闷闷睡去。

十六日　雨终日　晚雨尤大　九月十七日　星期二

五时半起，天未明，即闻雨声。午后办报告毕，新秘书长约于四时召科秘十六人谈话，未细询，作普通语，约一时乃毕。晚十时寝。

十七日　雨　九月十八日　星期三

五时起，今日料不能晴，然少却逃空袭也。午后清理室中各事，写报告等件，新委余文杰主任来奉看，闻将来一、二科俱须更换。晚无多事，早寝。

十八日　阴雨　天气转寒　九月十九日　星期四

五时半起，昨夜被薄甚寒，身体不健，疮亦未愈，洗濯不便，愁郁不堪。明日如此，必请假回寓一次休息，再作计较耳。

十九日 小雨 阴 晚似晴意 九月二十日 星期五

五时起,昨以寒,被又薄,睡未安。午后将应办之事办毕,四时写假条,自明晨起请假三日。嘱长青至城内取物送信,十时长青犹未归,予遂寝。转钟后似有小雨一阵。今夕为亡儿根生忌日,念之神伤。

二十日 雨 寒甚 九月廿一日 星期六

五时起,长青未归,六时半予决意行,长青携新絮来,重四斤馀,价十八元,可谓贵矣。与之同出行,过店子坪雨已来,到七里坪雨更大,便买糖食数件,到寓衣湿,新履已沁水湿透矣。疮疾大发,痒不可耐,夜坐不安,忆及亡儿在宜病故时情形尤难过。十时寝。

廿一日　雨　寒　九月廿二日　星期日

八时起，在寓调病，饭后欲写信，以身疲中止。晚九时寝。

廿二日　阴　午后小雨　今日秋分　九月廿三日　星期一

八时起，疮未愈，奇痒难受。迟生亦生疮，内子及小孩亦生疮。有人云，凡到施南来者无不生疮，可见此地湿气重矣。晚十时寝。

廿三日　雨　九月廿四日　星期二

七时起，今日派人去续假，未往府，在寓调病。晚间蚊多如织，以火烧之仍不能止，且异常大，如蝇矣。十一时寝。

廿四日　雨　九月廿五日　星期三

七时起。饭后命长青至核桃坝购盐三斤，此地距市区远，购盐困难。午后看八比文、试贴诗并张文襄殿试卷，可作骨董矣。晚十一时寝，疮痒甚。

廿五日　阴　午后小雨　九月廿六日　星期四

七时起，疾亦未愈，软弱异常，饮食亦未大进，疮痒不可耐。饭后看杂书。晚十时寝。

廿六日　雨　九月廿七日　星期五

七时起。饭后写条命长青至阎宅问省府各事。今日疾稍好，疮则未能全愈。午后看八比文，明日假满，当往省府去办公。晚十时寝。

廿七日　雨　九月廿八日　星期六

六时闻长青归，谓秘书长昨晚寻予有要事须去，今晨特着其归，包秘书亦嘱其转告早去。噫，何事耶？七时坐滑竿至府，则开会已毕。晤包贡九，云今晨已面代达秘书长，今日假满应来。予小憩后遂见秘书长，乃知宣恩驻保安团与民众冲突，兵民死者数十人，巨变也。主席欲予往查此案，嗣因予病，已改由保安处处长亲往查办矣，但须再问主席一声。遂用电话达主席公馆，得许可以，予有病可不去。予再向秘书长面请假，承其饬张股长派轿送予回寓调病。盖朱厅长前日已面嘱刘秘书长，对予须特别看待也。正午回寓，饭后阅书写信约二小时。晚十时寝，蚊多难安睡，多杂梦，盖心血虚，神志不安耳。

廿八日　阴寒　九月廿九日　星期日

八时起，疾似转好，思饮食，但天寒，以洗疮为苦，又虑受寒症。饭后看书写字,并作诗一首,明日当改定之。晚以寒早寝,中夜醒数次,又多梦。

廿九日 阴 九月卅日 星期一

八时起。饭后派人至任之寓问信息。得省府贡九、贡之等函,无多事。午后看杂书,心烦意乱,惟此屋极不清洁,隔一壁即主人大厕所,豬鸡狗到处乱窜,跳蚤犹多,蚊虫如织。予以弱质,焉得不病?又无近地可迁,郁闷无已。前托府中同事代探租屋,无回信。此室污秽,实致疾之源也。补昨所做诗,已成二首,写成当付任之一阅。午饭后身体不适,晚间未作事,十时寝。寝后神不安,梦已回鄂城旧宅。

九月

初一日 阴 十月一日 星期二

晨六时,脾寒大作,至晚方退,吃亏不小,仅饮茶十馀次,未进饮食也,疲惫不堪。鹏程、阳春、先霖今日有函来。

初二日 阴 间或露日光 十月二日

九时起,屋内昨来军队四十馀人,极烦闹不堪。予食未进,心烦意懒,每念家乡,夜寝极不安。疟疾因脾寒稍好,写信四件。

民国二十九年（1940年）　九月

初三日　晴　十月三日

八时命迟生至省府送信，并买各物、检药等等。九时思起未能也，迟生以予病早回寓。予脾寒又作，呕吐发陡俱难受。今日请傅、穆两排长吃午饭，予未陪。晚十时寝，寝后梦上四十馀级之梯上高楼，晤某县长，危楼长梯，足力尚能支持，然殊骇汗也。

初四日　晴　十月四日　星期五

九时起服药。午后准备至省府销假，雇轿一乘，四时略进饭食，五时乘轿，行到府已黑。与任之、若筠谈，知黄均已委宜昌县长矣。十时寝，夜寒殊甚，极不安。

初五日　晴　十月五日　星期六

六时起,将食稀饭,警报已来,至前洞避之,与刘秘书长遇,惊谓予已来耶。予谓假满须来。秘书长嘱再请假调养,甚可感也。午后乘轿归,又遇警报,今日已逃四次矣。饭后小憩,欲作事,懒甚。

初六日　晴　十月六日　星期日

七时起,廖玉田同公安学生杨某来寓,云接胡林信,甚平静,留饭去。予以病未愈,今日未看书。晚寝多梦,忽见黄冈袁子道已就某要职,似欲报复,黄冈前数年彼被予判徒刑者。

初七日　晴　晚见月光　十月七日　星期一

八时起，疾渐愈。午后阅八比文，因无书可看也。命迟生往包宅借米备煮稀饭。晚十时寝。

初八日　晴　今日寒露　十月八日　星期二

八时起，九时以后阅杂书。午后阅报并写信二件。晚十一时寝。

初九日　风　晴　十月九日　星期三

八时起，军队扎此宅中，纪律尚好，现已习而安之也。连日饮食亦进。忆今日重九，令人想吾乡登高情况，不胜慨然。晚间穆排长来谈一时许去。十一时寝。

初十日　晴　晚有月光　今日国庆日　十月十日　星期四

八时起，同屋军队整理清洁内务等等，闻夏楚中军长须集合检阅故也。九时天际机声，敌机三架掠空向西飞过。午后阅杂书。晚九时半寝。

十一日　阴　午后雨　十月十一日　星期五

八时起，命迟生至省府探信、取报纸阅。午后归时得陈季明函，云小峰存物尚在，宜派人去取。三时蒋笠庵乘舆来寓，谓朱厅长派彼来看予病者。谈病源，立方，并谓朱厅长嘱予有事函告，彼必能与我方便各事，省府可以不常到，以调养为主，颇可感也，傍晚方去。予看杂书，至十一时寝。

十二日　阴　十月十二日　星期六

七时起,今日假满须往省府,九时乘舆去,与刘秘书长见面后仍续假三日,取回信件。得周伯翔函告,方子正因公在三斗坪坠水死矣。惜哉。晚阅杂书,十时寝。

十三日　早雨　午后晴　月色大明　十月十三日　星期日

八时起,往省府途中有敌机二次过上空。到府后与张科长、王科员商议请护照及赴前方手续,傍晚归。饭后阅杂书,至十一时寝。今日为先母生辰。

十四日　阴　晚大雨　十月十四日　星期一

九时起,饭后命迟生送信往民厅去。午后看书,筹备往宜昌宣慰民众并视察各处办法。晚十一时寝,多梦。

十五日　雨　寒甚　十月十五日　星期二

八时起,十时派人至府取信件。午后得宜昌武县长致林渊泉电并转予,知陈季明、陈宗榜一委区长、一委救济院事矣。晚十一时寝。

十六日　早阴　午后晴　月明如昼　十月十六日　星期三

八时起,嘱迟生到府约长青往会计室领薪水。今日警报四次,敌机经此高空过去。傍晚迟生未归,托穆排长派士兵寻至七斗坪,仍转。或者在包宅宿欤?心烦意乱,十二时方寝。

民国二十九年（1940年）　九月

十七日　早大雾　午后晴　晚雨　十月十七日　星期四

八时起，迟生已回，云昨在包秘书家宿。饭后长青自府归，持朱少甲送来一条，云七里坪下有新房子出租。即命迟生去会，少甲傍晚归，云屋尚未成功，老板名张祖成。少甲与姜文山同迟生往看此屋，老板索价月十八元，似太贵，俟其竣工时再说。今日有警报三次。晚阅八比文。十一时寝。

十八日　阴　十月十八日　星期五

八时起，连日准备往兴山、宜昌等县视察事。约成佳、长青二仆来寓询其志愿，谁先回宜。李仆就省银行事，衣食均佳，彼不愿去。其父来信谓必带之归，彼竟不愿。从前在巴东思家流涕，今予带之回里不费一文，彼竟不同去。甚哉，奢侈之移人也。午后长青来，愿回去。惟此人之心已变，予不欲用之也。晚间清各事。十时寝，多梦。

十九日　阴　夜大雨　十月十九日　星期六

八时起，九时省府送来签呈一件，主席已批，准往各县宣慰民众，以予病未痊，准假十日，俟调养完全愈时再行出发，可感也。张氏新房尚未落成，此间军队人多，烦扰不堪，予欲早日迁出，以便休养。午后看《江汉炳灵集》，吾邑柯逊庵之八比文甚佳。又乙亥恩科闱墨亚元孟履恒文清淡醇正。孟为吾邑南门人，予入泮时尚见之，迩时渠正为罗田教谕，与关季华同署，关为训道。罗田小邑，乃得两名举人为之师，是以当日文风不弱也。又是科袁明善第十三名，范德镕五十名，俱刊在闱墨中。范后成进士，袁即同学袁仲庐之父也，因并志之。晚十时寝。

二十日　早大雨　午后阴转晴意　十月二十日　星期日

七时起，饭后迟生病发烧。午后看《艺苑卮言》，纯系论诗，此书予在武昌肄业时曾阅，后数次，初学作诗之人阅此可悟其他也。今日写信三件,告知龙汇东、陈三民等,云予不日来宜昌,便取存物。晚阅《炳灵集》及杂书,以遣沉寐而已。十一时寝,多梦不安。

廿一日 雨 十月廿一日 星期一

八时起,迟生感寒疾未愈。予以连日疮痒未愈,殊焦燥不安,更兼连日大小雨不止,尤为恼闷。仍服立庵所开方。晚九时寝。

廿二日 雨 夜雨至旦未停 十月廿二日 星期二

七时起,连夜以疮痒睡不安,晨则军队早操,不能睡,真苦境也。长青来,以刘秘书长及万隆焜、李晓波、陈子谷函交其发邮。连日饮食渐增,惟疲倦不思行动。晚雨未止,九时寝。

廿三日　雨终日　今日霜降　十月廿三日　星期三

八时起,长青自省府来,携贡九函一件。予疮疾稍轻,仍燥不可耐。今日自晨至暮雨未停,愁闷不堪,何时可晴耶?

廿四日　晴　风　天昏暗　十月廿四日　星期四

七时起,疮疾稍好。军队驻此,因杨连长、穆排长与予相熟,纪律亦较前稍好,借物件可以急相还也。迟生病已愈矣。晚九时寝。

廿五日　晴　十月廿五　星期五

七时起。八时长青自府来,饭后嘱迟生与同往看江汉子张姓新屋。警报大作,今日上、下午有四次,敌机六架凌空过,在施城附近似投弹声。抗战愈艰,何时胜利耶?晚十时寝。

廿六日　晴　十月廿六日　星期六

七时起,予疾渐愈,惟疮至今不能好,晚间奇痒难受。今午后请杨连长及穆排长吃饭。今日上午有警报二次,敌机凌空而上,午后又有二次,闻轰炸声一次。晚十时寝。

廿七日　晴燥甚　十月廿七日　星期日

七时起。八时饭毕,带同迟生往江汉子看屋,晤张老板,说话尚慷慨,不知其将来如何耳。至府取得梅先林、龙汇东函,知陈季明系任雾渡口区长,将来予过兴山及在小峰取物均甚便利也。今日上、下午均有警报,敌机经过上空。午后四时过七里坪买零物,傍晚归。十时寝。

廿八日　晴燥甚　十月廿八日　星期一

七时起，饭后带同迟生至土桥坝秘书处取护照，与秘书长谈片刻，与同事诸人谈半时许出。在乱泥冲遇建始迁来难民甚多，男女老幼似不胜其行途之苦。问之多九江、广济、安徽籍。噫！难民展转流离，何时得归故乡耶？行至中遇陈主席舆过，予与之立说数语。主席嘱予以病愈，往前方不必急也。下午四时与迟生在七里坪买糖食等件，到家已黄昏矣。晚十时寝。

廿九日　晴　晚大雨　十月廿九日　星期二

七时起，嘱迟生至坪赶场零菜等件①，并嘱李仆送药至坪交迟生带寓应用。闻江汉子屋已成，近日可迁入也。晚间嘱家中明日须将各物件分类集合，以便早搬。十一

---

① 此句疑有脱字。

时寝。

三十日　早雨　午后晴　十月卅日　星期三

七时起，饭毕乘轿至府取回各物，箱子、信件等等，准备搬家后即出发宜昌。此屋内军队亦奉令开黔江训练。与杨连长商定，由渠派军队明日为予搬家也。午后予回寓，晚准备各事毕。十一时寝。

十月

初一日　早阴　午后晴　十月卅一日　星期四

早起，连日准备搬家各琐事。午后清理各件，命袁长青购零件归。晚十时寝。

初二日　早大雾　午后晴　十一月一日　星期五

早起，命家人收拾各物件。驻军第二连连长傅云青约予与迟生吃饭，午后三时派士兵十二人为予搬家，至江汉子张宅侧屋，一次搬竣，觉省事多矣。此屋地湿潮重。诸事极待整理也。十时寝。

民国二十九年（1940年）　十月

初三日　早雾　晴　十一月二日　星期六

早起，饭毕至省府与包、阎诸君晤，询各事，至一科与王晓耕、周印澄晤，请办护照等事。闻宜昌武县长已解施南，罪甚重云，晚五时回寓。今日步行颇以为苦，盖病体未复原也。寓中什物零乱，望之麻烦至极，嘱家人清理部署。十一时寝。

初四日　早雨　午后阴　十一月三日　星期

早起，清理各事。午后向房东借桌凳，此人甚刁狡，非善类也。晚间写信二件。十时寝。

初五日　雨　寒　十一月四日　星期一

早起，鲁祖珍所长为余来评此屋价格，房东张祖成坚欲余出价每月廿元，经鲁讨定为每月十四元，争执许久乃定。张为此地汉流会之老幺，平昔以赌为生，近因得其妻财乃做屋。其妻本张连长之妾，张连长死后乃以夫财带归祖成者也。此妇甚悍，有口辩。就时价说，此屋每月至多不过六元耳。晚间清理，准备出差各事。十时寝。

初六日　大雨　有雷声　晚晴见星月　十一月五日

八时起，饭后清理室内外各事，今晨仍有雷。晚饭后清书籍。十一时寝。

初七日　阴　夜雨达旦　十一月六日　星期三

九时起。午后阅报，战况如前。晚仍清理未毕之事。十一时寝。

民国二十九年（1940年） 十月

初八日 早雨 天气转寒 今日立冬 十一月七日 星期四

九时起，乘滑竿至省府取各件，并至施省行换角票，傍晚归。阅陈子谷自昆明来函，极言物价之高昂冠于全国，鸡蛋每个二角，其他不可知。此地鸡蛋每个仅一分半也。晚十时寝。

初九日 雨终日 极寒 十一月八日 星期五

九时半起，今日极寒，作事少，偶尔阅杂书。晚早寝。

初十日 阴 大风 寒甚 十一月九日 星期六

早起天寒甚，因天寒木炭涨价矣，每担售十七元。去岁宜昌小峰炭价每担二元而已。今日电台添学生廿馀人，嘈杂已极。晚心烦甚,十时寝。

十一日　晴　十一月十日　星期日

八时起,今日天晴,已和暖,出衣物曝之。午饭后欲往省府未能也。晚十时寝。

十二日　霜　寒甚　晚小雨　十一月十一日　星期一

八时起。九时饭毕,带同迟生至省府取各件,阅报知英首相张伯伦已死,此人早死,中国不致如此失败矣。四时归,饭后阅杂书。晚十一时寝。

十三日　早雨　祺时　十一月十二日　星期二

九时起,饭后清理各事,准备出门之事俱毕。今日为总理诞辰,各机关放假一日。晚间写信二件,十时寝。

十四日　雾　晴　十一月十三日

早起，连日疮疾大作，奇痒不可耐，拟出差到城中买药治之。晚间尤甚，十一时寝。明日拟首途。

十五日　早大雾　寒　晴　夜有月色　十一月十四日 星期四

早起，饭后嘱迟生、长青准备各事齐全，午后三时带同前往出差。四时半到城，往朱伊仲处，彼约余到胜利服务社洗澡。盖自患疮病，以天气寒未洗澡也。伊仲甚讲感情之学生也。十时寝，长青在房外宿。

十六日　雾　晴　晚大风　十一月十五日　星期五

五时起，七时至汽车站，时间尚早，七时半开行。予与迟生、长青同坐一处，乘客甚少，颇自由也。至白杨坪停车吃早饭，前因路上惧敌人至，已破坏一边，故车行甚缓。下午三时抵茅田站，同乡王谷生为收票员。得站中一空房，予三人宿其中，因旅馆人早满矣。夜大风，寒甚，难寐。

十七日　雨　大风　寒甚　十一月十六日　星期六

五时起，车开行仅五里仍开回，因雨路滑不可行。予遂入旅馆中得一房，寒甚，因孔多窗大风紧，极难受。遂约联保主任来谈话，嘱其借一火盆，买炭十馀斤御寒，惟风多，火亦不暖，极难寐。病后未复原，疮奇痒难受。

十八日　晴　寒甚　十一月十七

早起询之车夫，亦不开车，云无木炭，须明天开行。遂约冯联保主任同至冯蘧伯家一谈。冯昔在日本习法政，清末考取法政科举人，民初曾一度为国会议员者，人在此地声名甚好，年逾六十矣，与谈一时许出。四时回旅馆。

晚寒甚无所事，早寝。

十九日　晴　十一月十八　星期一

早七时开车，在小龙潭吃饭。下午五时到朱砂土，车则沿途修理。今夕本可到巴东，而汽车夫因其眷属住朱砂土，遂不欲行。遂宿一民家，内有驻军，又与住客发生冲突，不得解决。予遂晤其营长，说明往宜昌宣慰之意，彼乃止。噫！势利如此，可畏也哉。打电话与巴东李县长说各事，而李今晚曾约有陪客数人待予吃饭也。李小溪，湖南人，任巴东长已两年，予久认识，乃知吃一餐饭亦有定数。九时寝，屋内外人多，不成寐。

二十日　晴　十一月十九日　星期二

六时开车，十时抵巴东，住省府办事处，周春庑主任招待甚好。询知明日有船可抵太平溪。晚至巴城省府大办公处，屋舍宽敞，予惧警报，不敢居也。施方白住此，并介绍李公仆①相见,即从前所谓"六君子"② 者。八时刘叔模同罗贡华以巴栈人多无宿处,亦寻周春厓要房子住。

廿一日　晴　十一月廿日

五时起搭轮船,九时开行。船上朱若愚在楼上坐,嘱舵工招呼予等。到太平溪时须停轮下船,因已电告卢县长邦俭,请其派人在河下相候也。叶锺名同船,亦系到溪者。彼误以庙河为太平溪,迨予等下船后始知为庙河,乃另雇民船下驶。傍晚方达太平溪县政府,饭后询问前方军民各事。十一时寝。

廿二日　晴　十一月廿一日　星期四

早起,往李军长谈一时许,告予以前方近况甚详,许

---

① 李公仆,一般作"李公朴"。
② 六君子,应为"七君子"。

为予协助一切。李广东人,在鄂甚久,为陈主席旧部,故对予甚好。午后归,汪秘书万里云接施电,武长青县长已处死刑矣。甚矣,贪污之不可为。而又与素行不法高华堂为友,能不败哉。晚饭时袁仆在门外见旧役刘长纯,被军士缚为壮丁过溪交案,遂告予求援。此人尚好,彼前不随予到巴东,今日设非予过此,明晨即解交军管区充新兵矣。遂告知卢县长释之,仍为予充工役也。雾渡河陈区长季明已派人持函来接,予晚与县长商议,召集各保主任、保长来溪宣布政府派予出发宣慰之意。十一时寝。

廿三日　早雨　午后阴　今日小雪节　十一月廿二日　星期五

早起,下午集附近各联保主任、保长到县府前隙地训话,全体科秘亦在此听予说政府今后对民众各事,约半小时毕,馀则由卢县长补充而已。午饭后朱致寅科长云田任秩去年为匪暗杀云云。田生在九中教国文数年,生徒能听受,惟渠总带□□性质,所以遭祸也。晚与邦俭谈各事。

廿四日 晴 晚有风 十一月廿三

早起，龙汇东已派船来接予，此次以救济院长资格代表县长与予同赴宜属各区宣慰。八时带同迟生、长青及来人卫士乘船，至工厂与汇东晤，别已半年矣。今日经过三斗坪，惧空袭未起岸，仅嘱卫士一人上街买物而已。晚饭后与谈甚久。十时寝。

廿五日 晴 十一月廿四

六时起，伕子到齐，与汇东及员役坐船至南沱起坡，嘱联保主任雇齐轿子。此地予今年五月逃避溃兵至此，思之犹感伤不已。经过旧地至牛坪垭，欲赶至小峰陈三民家宿已来不及。天黑，遂寻得一刘姓家，予等人多，付钱请之办饭。刘叟便问予，知为曾住小峰者，乃言予所存陈光典家之衣箱等等，前月被盗一空。予细询之刘叟，谓光典昔非善类。然予心已逆料，必光典勾结盗贼取去矣。汇东慰予，谓事已至此。此次到此，原为一家大小无棉夹衣及被卧等，借此次差事可便取物。从前朱厅长屡欲函知朱鼎卿师长代予取运送施者也。损财有定，且到三民另想办法耳。在平时闻此必怄气，因念予西迁后受损失情形，那堪追忆？根生为予爱子，前年死在宜昌，更有何说？皆倭寇之赐也。十一时寝。

廿六日　晴　夜小雨　十一月廿五日　星期一

六时起，匆匆出发，予与惠东、迟生均乘舆，行路人多。过小峰寺天子坟时，陈光藻村中似有注意，予等以卫士披有长短枪支也。十时到三民家卸装停止，饭后至对河山上予旧住宅中，已驻兵，晤其站长□□，襄阳人，曾在十八年充过军官者。说明彼月前陈光典见彼，三五次辩窃予衣箱事。予细听之，此物尚未走远，光典父子俱在雾渡河区署被押。陈季明既为区长，其家同与予存物在光典宅遭损失者，必能追出赃也。晚得季明函，并派区员章君来接予，以光典在署供出天子坟陈天相兄弟二人为主犯，且衣物俱藏彼家。遂命区员加派人，三民加派工役，与县府政警三人携持灯急往捕之,恐移脏也。九时半去,鸡鸣时归,执天相兄弟讯之,得予围巾、白羊皮四块。质之天相,遂又供出藏物山洞中。又派人携枪,得予呢大衣、皮袍子等等,损失物件已寻出三分之二矣。馀物容天明再查,以疲甚,小憩。此案甚得力于区署派来两警士,能破盗案者也。

廿七日　晴　寒　十一月廿六

早起,整理衣物,分类暂存,嘱警士鲁正卿再带人往搜陈光典家中,寻出箱子二口,网篮存物凌乱,《词源》三本彼亦未要,又予廿六年、廿七年日记并癸酉日记亦寻得,又在光典之媳枕畔搜出行政院退回登记予以专员存记之证件、相片、证书一本。因纸白硬,华丽悦目,大约预定以为夹花线者也。幸完好,甚慰。使当日宜昌溃兵见之,必毁矣。命迟生至陈玉卿家取彼母子所存山上岩洞物件,但如此高险之岩洞,我国溃兵亦寻往搜索数次。山下三家中据说搜洗二三十次矣,皆江防步队及浠水、黄冈口音兵士,馀则浙江口音之海军改组之士兵,可畏哉!晚间与三民说各事，十二时方寝。

廿八日　晴　十一月廿七　星期三

早起，今日命人整订箱子，安置衣物，现在已有呢皮衣等物，不虑寒冷矣。噫！设非予自出差过此，原物向何处追索耶？今日与汇东至张家口召集当地保甲训话，继由汇东代表补述各语，二小时毕。予归三民家宿，汇东别去。晚间命寻袁世高、李成家之父来问各事。十一时寝，备明晨出发。

廿九日　阴雨　下午更大　十一月廿八日

六时起，乘舆过易仙潭，早饭人多，耽延久。过七里峡时雨渐大。午后四时抵雾渡河，区署在山上，衣湿，行李等件俱用火烤之。与季明及各区员闲话当日事，感慨殊多。已定明日召集附近各保甲训话，并布政府意旨。十一时寝。

十一月

初一日　晴　寒　十一月廿九日　星期五

六时起，八时各联保主任及保长、区署职员训话，指示各事，宣布陈主席今后对前方民众之关怀，予以救济诸事，约一时毕。午后四时冯艺林先生约予吃饭，非去不可，仍乘舆。冯寓距区署六里，并带迟生同往，七时归。与季明商各事，并嘱其将窃案早日了结为好。十时寝。

初二日　晴　十一月卅日

早起，至预备第四师访其师长，未在此，由部附武光宗代会。予询之，武为湘人，严代主席之学生，其出言似甚感激立三先生者，托予言致意焉。街上遇王兴田，已改业做生意。李长庚来谒,云即日回黄冈,请予作信介绍襄阳李石桥,路过时予以便利。长庚即在小峰,今夏率兵护予至太平溪者也。彼曾在黄冈为予之中队长,有此一点善因,予于难中收此效果耳。晚早寝。

初三日 晴 十二月一日 星期日

早起,以力伕不能齐,遂留一日。午后至街上情报所打电话,询兴山县情况如何,沿途安静否。答以沿途须带油米,因途中无大米饭也。晚早寝。

初四日 晴 晚寒甚 十二月二日

早起,饭毕伕役已齐,乘滑竿起行。此次因已获得衣服箱笼,添力伕三人夯物。午后过马良坪,到兴山境也,即宿兵站。今日疲乏早寝。

初五日　晴　夜小雨一阵　十二月三日　星期二

七时起行，行廿里，顺大路农民住宅俱为夏季我国溃兵搜劫，居民散四方或逃山中未归。自宜昌牛坪垭经此地已二百馀里，凡兵过处屋仅有土壁，其门窗户扇早为兵毁。一路荒凉，望之惨目，而民政厅之布告贴壁上，尚有所谓提创冬耕之好听话。试问无农民无耕牛，百姓不敢回家，将用纸人冬耕乎？朱厅长时时曰深入农村，此次何以不出巡视耶？韩文公云"先生欺予哉"，可移用于此时之文告中也。过两河口上山下岭极难行，薄暮抵石版沟联保办公处宿。保长贾先列，予以钱嘱其代办火食。十时略与谈近事，早寝。

初六日　晴　极寒　十二月四日

五时起行，霜露甚重，寒气砭骨，已届隆冬气象矣。沿途所见民屋多不完整，亦以今夏溃兵抢掠为言，吾国抗战得此兵队，使老百姓印象太坏，以后军纪应如何整饬？予返施后必得为主席述之。到黄粮坪时，兴山县派政警王队长到此相候已一日。王为前年予出差兴山时所素识者，其人不脱从前衙役旧习，惟彼地方情形熟，一则免途中危险，一可借其招呼食宿，宿地甚便也。午后二时抵兴山县城住一旅馆，非予从前所住沈姓宅，继发现此屋污秽殊甚。石县长约予到府中住，不得已乃搬入。其实府中亦不佳，不过稍清洁耳。饭后将出巡情形用电话告知主席，主席未在府，由刘秘书长代接，约五分钟。予许以明日用电报相告。归后与石县长商各事毕寝。

初七日 阴雨 十二月五日

早起，石县长约予今日午饭，不便却，同席者亦石姓关系，与石衡青亲房者，作工程师，不日赴万县住家。今午有警报云雾渡河有敌机经过云。晚至街市一游，此地某年城因水下陷五尺馀，故至今城门距地仅二尺，街市则新建者也。老同学沈季弢病在家中，其状甚苦，其独子在沪学贸，至今亦无下落，伤哉。彼嘱为谋一事，羁身而已。

夜半乃寝。

初八日　阴雨　十二月六日

八时起，九时同石县长至中心小学、卫生局、县党部视察情形。午后一时各区联保主任及附近机关均来县府开会。予训话约一时许，馀请石县长代达，并请各人发挥意见。县府备晚餐，就此时机留附近各区长谈话。十一时寝。

初九日　晴　今日大雪节　十二月七日

早起至河干，县长与科秘等人来送予，谈一小时船开行。区长宋子仁在船上招呼一切。午后二时抵大峡口，该区所属联保主任及保长已到齐，饭后予与渠等训话一小时散去。晚与宋区长言应改善各事。十一时寝。

民国二十九年(1940年) 十一月

初十日 晴 晚月色大佳 十二月八日

早起,饭后乘舆山行。十时过秭归,胡县长已派人来接。午后三时抵教场坝,秭归县政府办公地也。李秘书冠群招呼一切,予遂宿于此,以疲甚早寝。

十一日 晨小雨 午后阴 十二月九日 星期一

早起,与胡县长同往临时礼堂举行纪念周,秭归各机关人员在此。予就此训话,代表省府嘱各县应办之事,约半时许回府。旧部聂湘派人在此候予,至沙镇溪九九后方医院。因上次过此地匆匆行,未及与彼欢聚也。舟行下水甚快,正午到,聂湘已为招待住所。晚间晤及同乡汪小卿,亦在医院办事,述彼离鄂城时情况,不胜感叹。彼欲设法回籍,予劝之暂缓。晚到区署开会,集联保主任、保长座谈半时回聂寓。房屋精洁,承其过情饭食。聂于十七年八月由严立三先生荐与予,在蒲圻县府充见习者也。林辅臣来晤，林黄冈人，与亡儿根生曾同学读书，间各黯然神伤已。聂为予治目疾，又为予置白木耳食之，颇可感。十一时寝。

十二日　晴　十二月十日　星期二

早起，往街市上下一巡，此地物价已涨矣。聂湘今午请予宴，酒肴精美丰丰，约院长华建业及院中同事来陪予。医生陈勉公亦来此，勉公宜昌人，清代南路小学堂学生，派赴日本学医者也。武昌三佛阁勉公医院，抗战前获利不小，与谈甚欢。席散后与湘至街市一布店买白斜纹绵布作卧被里子，价每尺一元九角馀，可谓昂矣。此布从前在武昌锦章布店每尺不过一角五分而已。晚间杨区长请予宴，同席有专署李视察，馀为该镇士绅。十时归，晏寝。

十三日　晴　十二月十一日　星期三

早起，与湘商议各事，予欲回县府，彼坚留，遂许再住一天。正午敌机几架经此上空,声隆隆,不知炸何处。晚与湘至区署坐谈一时许,九时归,与湘谈各事。

十四日 晴 十二月十二日

午前与湘言各事。午后二时乘船回县府,聂湘送予至河边。风顺船行甚速,少顷抵岸,闻有警报,敌机炸三斗坪云。到府后与胡、李诸人谈各事,晚打电话问巴东办事处有柁至施南否。周春崖已调回省府矣。十时寝。

十五日 雾 晴 十二月十三

五时饭毕,佚子已来,予乘舆带同员役数人,李贯群来送予,谓胡县长已出巡各乡矣。至泄滩联保处早饭,下午三时半至牛口吃中饭,晚六时抵巴东石灰窑办事处。周春崖明晨便车回施,新主任温厚甫今夕见面,以非熟人,许多事未便谈也。十时即寝。

十六日　晴　十二月十四日

七时起，八时带同迟生至晤源洞访卢邦俭之夫人致邦俭之信，就其寓早饭。下午一时回办公处，李晓波、朱阳春来谈甚久去。七时有警报，云敌机在三斗坪盘旋三匝矣。十时寝。

十七日　阴　十二月十五日

七时起，往县政府访乔县长，知已外出，其夫人出见，颇善词令，因曾在中央政治部充职员者也。便往街中一看，归后与温处长略谈。十时寝。

十八日　晴　十二月十六日　星期一

早起，到街市一阅。巴东自迭遭轰炸后生意愈发达，四乡赶场者均以晨早来集,过八时即散矣。倭祸何时可已,使四民得以复恒业哉?九时回寓清理报告,备此次回省府得与主席陈述民众痛苦、军队骄横、官吏贪污、社会污浊各状,使主席明了,严厉整饬之,予民以暂休息之机会,亦仁心仁术也。大凡儒者,不能行其志以安天下,必假借一有力者以行仁政。从前严立三先生代理主席,仁心有馀,规模太小,心地又窄,对予虽不多疑,然每每虚心而不采纳。故每事须许改善,而终以气馁未行。此所谓恶之不能去,而予之借他人力以行善之心亦终不能达到,可慨也哉。晚间兵站部、县政府、省办事处六机关联合请客,七时去,九时散,酒肴甚丰,料每席价在百元,共八席,侈矣。九时半回寓。今晚同席仅乔县长、党部喻干事、县党部书记长为熟人,馀均军界中上、中级军官,未便与之说无谓应酬语也。十时半寝。

十九日 雾 晴 十二月十七日

六时起,至县府开会。乔县长昨已召集附近各联保及三区长在府,约各机关到者卅馀人,有记录。予训话甚简，约半时。乔县长为陈主席旧部，现以少将资格任县长，一切可以代表也。予以简而易行应即办理为清洁一事告各区、保负责人，谓欲洗除"臭巴东"三字之恶名词，市区五里左右须有厕所三十座。现时集巴东之军队、机关人员、难民、商家约廿馀万人，市区山上下以警局统计，厕所不过六七所。屎溺遍地，而死伤兵士、难民浅葬于街之两头者，天曙时臭气冲天，正午尸气四溢，明年春初瘟疫发生可断定矣。正午散会，回寓小睡。午后一时罗贡华、刘叔模来此躲警报。未几严公威来，云自渝新归者，谈一时许去。夜已寝后，陈三民着军服来叫门借宿处，且带一仆，予命与迟生同铺。转钟后闻三民起，出门吸大烟，此人不畏法，予次早方闻之。

二十日　晴　风　甚寒　十二月十八　星期三

今日无车，不能回施。午后严公威来谈甚久去。公威语多不实，貌似有才，然立三先生每为予言此人不可靠。故公威对立三有言，立三必正色厉声答之。十时寝。

廿一日　阴　午后大雨　十二月十九日

今晨长途电话局长柯鹏阳新人。坚请予与严公威早饭，迭拒之不可。予畏寒，又值下雨不愿去，柯迭电催，遂与迟生同往。旧仆袁长卿此次不回施南，诸事尤须自理。到电局后同席者亦多熟人，李晓波旧住其局之右侧。饭毕约公威、晓波及柯局长就街中宜昌酒店请晚餐，天雨无警报，借此机会还席甚好。三时席散，雨大回寓，衣履俱湿。巴东街市污秽，各臭气得雨洗于大江中，可洁净一日矣。晚早寝。

廿二日　阴风　寒甚　十二月二十日　星期五

早起，连日因汽车不可得，只好闷居办事处。予等未在处中起火食，早晚均往街市吃饭，颇麻烦。午后温处长云，明天省府有车送俄国顾问三人回施，可便搭之，并搬主席存物大部份回施云。予遂整理行李等件，并此次在宜搜回陈光典盗去之衣箱等，计须三担，搭车不易，此一其原因也。十时与温良谈甚久寝。

廿三日　阴　大风　十二月廿一日

五时即起，搬行李至站，办事处处员周某与俄人未接洽好，且有军队数人竟上车，予物件遂不能上去。温处长与俄人员交涉亦无效，结果只有将行李等件置车站。明日候票车有开行希望，或施南有来车再回。闻此间候汽车之客有三百馀人，数日内均无办法，此建设厅厅长、段长之责任也。予不回寓，遂谋得平安旅社房一间，此房今晨方有人退出。巴东旅馆人满为患，旅馆亦难觅得。馆中俱有卫灿先，一师范学生也，十年未见，晚间便约之至街市吃饭，与谈各事，知其兄仲康尚任来凤县长，彼去帮忙者。买木炭升火御寒。十一时寝。

廿四日　阴　小雨　寒甚　十二月廿二日

早起，至县府晤乔乃迁县长，嘱其于前日决议各事以实力行之,勿托空言,致贻决而不行之诮也。打听仍无车开施。晚十一时寝。

廿五日 雨 寒甚 十二月廿三日

七时到市区早点,途遇冯少岩同区员纪常于县府门首,询之谓奉派放赈者。府中无人出差,乃派彼至此,明日往野三关云。九时早饭,与仲康谈从前第一师予教课时琐碎。予年已五十三,彼亦已四十,迩时学生中彼尚属少年,其年龄长者现恐亦逾五十矣。晚寒甚,炭火御之,室外大小孔多,火力甚微。

廿六日 阴雨 十二月廿四

今日无车,颇为焦灼,何时可回施南耶?下午带迟生在街上一游,遇从前宜昌行署传达黄觉非,彼现在保安大队充排长,坚邀予吃饭。遂同至酒店共食毕,至办公处遇施方白、蔡惠庄自施南来此,遂与谈甚久。施已任鄂北行署主任，彼与主席有旧，故得此小小独立之事。惠庄言鄂东情形，予方得明了。归后十一时寝。今日途遇各处解来路过壮丁约数百，每卅人均有军官押之。询之来自贵州，解重庆交军政部者也。身着单裋裤且不完整，面无人色，骨瘦如柴，此之谓壮丁，以之抗强敌，真乃儿戏。各丁行路战栗，稍好者军官提出为之抬滑竿，而军官着风衣，皮领外见，欣然自得，驱此壮丁如牛马，鞭挞随之。闻市人云，连夕锁于旅店或民房，数十人共一捆稻草，饥寒交迫，时闻鞭挞声达户外。连日在街心倒毙者，即令警士收去浅埋，亦有不埋者。此不仅此次贵州解来之壮丁如此，此数月内见者何止数百次。民生公司轮船到埠，即驱而纳之大舱，此等虽饥，尚可免寒。噫！是谁造此孽欤？又问壮丁着单衣者何故。据排长、班长云，棉制服要军政部统发，壮丁来时自带单夹衣已卖去路上零用。如军官果有仁心，给壮丁以旧服，则恐其逃后长官责令赔偿。此不过欺人语，现时军官心如蛇蝎，安有以旧制服给壮丁者。征兵制度行之今日已太迟，如此时征兵办法，冻其身体，饿其体肤，未来时绳捆索绑，视如廉豕，是既征者如此，未征者焉得不逃避耶？反之，敌国征兵之法如何？寝后展转不寐，因起补书之，可以志吾国军事黑幕耳。

民国二十九年（1940年） 十一月

廿七日　雾　阴雨　十二月廿五日　星期三

今日寒甚，午后谭菊畦来谈甚久去。打听汽车无消息，而站长金某为予同乡金牛人，据称金泽生之子。泽生为吾邑著名权绅，依傍柯逢时作恶多端者，后为国会议员，其资格自辛亥革命已堕矣。金站长说话不实，滑头滑脑，予亦不得不重托之。抗战后恐湖北建设厅之腐败应居全国首位矣，盖从前石、林诸厅长实无成绩可言也。

廿八日　晴　十二月廿六日　星期四

七时起，又到悟源洞访卢太太问各事。午后至县府一次。晚早寝。

廿九日　晴　午后阴　十二月廿七日　星期五

晨日光甚淡。午后打听行车仍无望，旅客巴客候车者已步行数批矣。予以带物多，不然亦行矣。湖北建设厅之成绩如是如是，此则集人咒骂者也。

三十日　晴　十二月廿八日

七时起，今日虑有警报，往悟源洞预避之。午后至柯局长处打电话至施南本府，报告近况。刘秘书长外出未归，遂由刘慕曾接话，请其转达各事，并询本府近政。晚十时寝。

十二月

初一日　晴　十二月廿九　星期日

早起天气晴朗，早饭毕惧有警报，带同迟生至省立图书馆押运处接洽。因主席已预定两汽车，每日对开，运书籍者也。此地距巴市五里，可逃警报。寻一茶馆坐之，晤崔冠侯、孙□□二君谈甚久。午后一时有警报，巴东市人逃至此者甚多。二时解除，予回市区吃饭，晚与金站长接洽坐图书馆汽车事。十一时寝。

初二日　晴　晚有风雨　奇冷　十二月卅日　星期一

四时起，五时运箱子等件上车，九时开行。至朱砂土吃饭，至龙潭坪已昏黑矣。车中今日所见，高山大雪未融化者多。晚仍开行，坐者奇冷难受。距茅田十里，车行中有三兵士持短枪爬上车来，司机推之不下，欲附茅田某部者。其勇敢气恐打仗时不如此也，乘客疑为匪来劫车者。转钟一时方到旅馆，人已睡熟，叫门不开，命迟生喊王谷生房门，乃得一空室睡之。倘不认识王谷生，今宵须露宿，出门真苦矣哉。然司机生今日何以如此勇敢，虽夜寒亦急驶茅田者，以其家眷住茅田也。中国人之"私"字真做到满足功夫。

初三日　阴雨　十二月卅一日　星期二

六时车开行，九时半至白杨坪早饭，已达恩施境矣。下午五时抵施城，住鄂西旅馆。饭后至省银行仓库晤朱伊仲，渠云施城昨日曾有敌机投弹，幸予未闻也。旅馆客多，嘈杂一夜，鼠犹大，时时闹，至不能安枕。

民国二十九年(1940年)　十二月

初四日　雨　民国三十年一月一日　星期三

七时起,李成家来馆照料伕子挑行李等件送予寓中,十时到家矣。饭后清理各事,问省府近况,阅各处寄来信件。此次出差受苦不少,幸自取回已失之衣物、棉絮等等,家人得以无寒,则不能不感激陈季明与章区员之力也。十时寝。

初五日　阴雨　午后三时似转晴意　一月二日　星期四

十时起,倦甚,今日在寓休息未出门,清理用账。晚早寝。

初六日　早下雪子片刻　雨　一月三日

七时起,十一时饭毕,清算出差用账。晚间择要复各处函,十一时寝。

初七日　阴雨　一月四日

八时起,饭后清理出差用账已毕,计主仆二人并迟生,一切杂用至七百馀元矣。在路上旅店被卧极脏,卧具中有虱数枚,嘱家人速洗卧具。

初八日　阴雨　一月五日

九时起,倦甚,饭毕办报消账,填日记表。此日记真伪造者,政府公差用款须有日记支膳宿费故也。晚十一时寝。

初九日　阴　一月六日

八时起,办理报告毕。今日往省府见刘秘书长谈各事，新来省视察周适安在秘书室办公。晚归清理信件，择要复之。十一时寝。

初十日 阴 一月七日

八时起，写各处谢函，此次出差，招待予者不止一人一地也。出差在外，无熟人招待自属恨事，盖多花钱亦不得好结果也。予抗战前出差鄂东、鄂北、鄂南各县，不知予者甚少。且在战前安心考查及游览各地，且有题咏。此次出门受苦实多，视察须各门学问俱备，民、财、建、教、保五部份政治法令须通晓，不然人所询不能答，己所欲言者亦言无至理，无已则胡乱擂吹而已。无怪从前及现在民、财、保三厅人员年轻，出差在外多为官绅非笑，此实损政府之威信，政治不能通、下情不能达之原因也。晚早寝。

十一日 阴 一月八日 星期三

早起，倦甚。今日至省府取得朱祐廷自汉口来函，详言武昌保安门住宅事，谓看屋人陶宏生已回黄州，孟祥焕母子曾在内住过，并收去租金两月，后重房子已折毁。闷甚，继思无人在省，仅孙寿山力量何能顾及，但此屋能保存之总属万幸耳，当作函复之。祐廷要来施谋事，未能拒之，亦不敢许之也。

十二日　阴　一月九日

八时起。九时饭毕，至府晤秘书长，下午见主席，祥陈各事，军队不良夺民食情形已与言之，相与太息而已。主席谓必用严令通知各军长官云。明日须到府办公，午后归，清理行李书籍等件，准备在府食宿。十时寝。

十三日　阴　一月十日　星期五

早起到公。今午在包贡九家搭火食一顿。晚归宿，试试脚力尚好。

民国二十九年（1940年）　十二月

十四日　雾　午后晴　晚月色佳　一月十一日　星期六

早起到公须签到。午餐仍在包宅，馀星期日均照例同下班，似甚便。彼不取膳费，将来只有赠物代价也。晚归补记未竣文件，十一时寝。

十五日　雾　晴　晚月色佳　一月十二日　星期日

六时起，六时四十分到公，连日行路练足力，予疾似已全好矣。在办公厅无事可办，阅书报定心而已。午正归寓，饭后小睡，星期一搬行李，因寝室前为严道生所占已退出矣。

十六日　雾　晴　晚月色佳　一月十三日　星期一

早起到府，九时纪念周，各员站立听报告各事，无紧要者，半时乃散。办公厅人多，午后阅报看书，四时半仍回寓。

十七日　晴　元月十四日　星期二

早起至府，饭后因主席约予至干训团谈话。四时去，主席分询毕业学生未下班，予在石副官室候一点钟。石凌生亦系主席传见者，石先见，谈片刻出。予与主席谈前方事甚久，衣甚单，觉寒冷，主席欲予就室中吃饭再谈，予托词病初愈畏寒不耐坐，遂许予出。不然晚间城内无处可宿，又不知主席谈至何时可已也。匆匆出门至警局，嘱为予雇轿一乘坐归，已九时半矣。

十八日　阴雨　一月十五日　星期三

早八时到府，今日雨，拟在府宿，夏国斌送行李未至，下午仍回寓。

民国二十九年（1940年）　十二月

十九日　雨　寒甚　一月十六日　星期四

早起至府，照例到公，午后阅杂书。予之报告主席一一批出，应兴应革者无不电令发出，可谓虚衷采纳矣。晚寒宿府。

二十日　阴　寒甚　一月十七日

六时起，同室陈启育，广东人，能起早，身体强。午后写各函复各处，晚与周、陈及隔壁张科长闲话。张，山东人，与我邑汪生翰章同学者也。十一时寝。

廿一日　阴　一月十八　星期六

六时起，清理各事，午后四时回寓。今夕电台收音机闻南京伪组织演说与日寇音乐声。予在宜昌行署负责时，曾嘱边、吴诸人提取教育厅存下桥边之收音机两架至行署，晚间能得敌情。今省府秘书处未提回巴东仓库之收音器，任其生锈损坏，何也？除每日三餐，看"等因奉此"之外，有何事可作矣？土桥坝之公务员每晚打牌赌博而已，文武如此，抗战前途可悲也哉。十一时疲甚寝。

廿二日　雾　晴　元月十九　星期日

九时起，倦甚。昨已请半日假，今日不到府在寓休息，惧有警报亦未出门。晚阅杂书，十时寝。

廿三日　晴　今日大寒节　元月二十日　星期一

七时起到府，八时半纪念周，秘书长报告各事云予赴前方宣慰及视察各案件，已提例会指示各地矣。午后借本府图书室书籍闲看。晚宿府。

民国二十九年（1940年）　十二月

廿四日　阴　小雨片刻　晚晴　元月廿一日　星期二

六时起，到公后阅书报，写各处函，代秘书长拟电文二通。今日小除，午后四时归，晚祀灶神，思家乡旧俗多感慨。西迁已三年，抗战何时胜利则尚难料也。十一时寝。

廿五日　晴　元月廿二　星期三

早有警报一次，到府后照例办公，十时又有警报，敌机凌空，与同仁避洞中。午后又有警报，逃避多次，身疲足软矣。四时半回寓，早寝。

廿六日　晴　午后雨　元月廿三日　星期四

早起到府，午后至店子坪买零件及年下用物。此地土人已大富，公务员则日见穷困，待遇薄、规矩大，纪念周又多一切不兑现之语，不诚心之话，不相干之标语多贴，试问有何益耶？晚仍宿府。

廿七日　阴　午后小雨　寒甚　元月廿四日　星期五

六时起，吹号时连日天未明也。军事管理之严待战时公务员应如此，本来卧薪尝胆者有人，匹夫有兴亡之责，特以现时在上者只说而未实行之，仅行于下一等之人耳。午饭后至店子坪买得白金龙香烟三听，每听五元，据说近日来自湖南商人者。从前白金龙烟每元三听，今则五元一听矣。买洋蜡二支，每支八角，还不算贵。回府后清理室中各事，晚回寓宿，嘱家人略备年菜。十一时寝。

廿八日　早微雪　午晴　寒甚　元月廿五　星期六

五时起，八时秘书处举行朝会并点名，有不到者罚之。计彭科长、股长等数人，当即通传各科室，严厉哉。

朝会抽签讲书,讲三民主义。作伪如此,乃称为有朝气。民厅朱厅长实主持最力者,揣摩风气。甚哉,做官有诀也。午后至店子坪,又买得白金龙烟二听,去价十元。晚六时回寓。

廿九日　阴　午后晴　元月廿六日　星期日

早起往省府探问各事,云明日仍办公。十一时再至店子坪购零件回寓。夏、杨二警士来寓,各给洋十元与之,以时时托彼等买菜也。七里坪警察所长鲁祖轸为予帮忙不少。午后四时嘱家办菜数碗,具香烛焚楮祀祖宗,循旧例也。连年流寓,仅表寸心而已。晚分压岁钱与老幼,十时饮酒一盏,感慨多。家人十二时俱寝,予以身体弱不能久坐,转钟一时寝。

民国三十年
(1941年)

正月

初一日　晴　新历一月廿七日　星期一

五时半起，六时到省府，六时半纪念周。当局说话甚长，约一时半乃已。仍照常办公，民厅及他机关有人到处贺年。予至包宅一次，凡事须近人情，予近卅年未见不近人情者□好结果。闽之孙、王，鄂之朱、何，均如此矫揉造作。吁，可畏哉。下午五时回寓，今晨有警报二次。晚餐后追忆往事，思念家乡，默想前途，痛心无已。晚寝亦不安枕。

初二日　晴阴不定　一月廿八日　星期二

六时起，七时到府。午餐在包宅，午后三时半即归。晚寝多梦。

初三日　阴雨　一月廿九日　星期三

七时半到省府，照常办公，无事可纪，纪则怄气之事而已。午后四时归，晚饭后细思今夕为先祖母晏孺人忌日，在施那能祀之，感叹不止。九时寝在省府。

初四日　阴　一月卅日　星期四

六时起，七时照例上办公室，无多事。前方战事沉寂。下午四时回寓，晚餐后略事清理。今春拟回乡，予来此三年，受尽万苦矣。寝后多梦。

初五日　晴　一月卅一日　星期五

五时半起，六时到府，连日在府搭火食。今日无多事，偶借图书室杂书阅看，心绪纷乱，念及前途，不寒而栗。晚餐后在寝室中补写信件数封，分寄本籍及各处。宿府。

初六日　阴晴不定　二月一日　星期六

早起，今日无多事。午后四时回寓，晚饭后偶念家园，心郁也。九时半寝，多梦。

初七日　晴　二月二日　星期日

七时半起，早未往府。正午贡九来寓，留便饭去。午后至七里坪警察局视察，又至乡公所，便访高伯韩，傍晚归。宿家。

初八日　晴　二月三日　星期一

六时半到府，十一时到包寓吃饭。晚五时参与降旗礼，因予值日也。宿府中。

初九日　晴　大雾　二月四日　星期二

早起，十时以后警报共四次，时时躲避，颇以为劳。抗战今四年矣，胜利何时，俾吾辈早回武汉，乃万幸耳。晚宿府，阅杂书，心乱如麻，未能竟阅，寝亦不安。

初十日　晴　大雾　二月五日　星期三

早起，今日无多事。午后访朱怀冰一次。晚宿府。

十一日　晴　二月六日　星期四

早起，连日复各处函，拟稍缓建始县视察。晚五时外出，未走远即回，心绪不宁，无友可访，无话可说。早寝，复不成寐，殊难于处此境也。

民国三十年(1941年)　正月

十二日　阴晴不定　二月七日　星期五

六时起,连日住府中,无多事可办,报载战事多不可信。晚间写信二件,阅杂书、杂志之类,求其定心免他念也,然实不能收予心。九时即寝。

十三日　阴　二月八日　星期六

六时半起,今日上、下午无多事,阅报战事无进展。下午四时回寓。连日思乡甚切。九时半寝,多梦。

十四日　阴晴不定　二月九日　星期日

七时起,八时到府。午后一时访鲁巡官,与谈各事,缘彼欲另谋事也。二时访严立三先生,闻不日赴晒坪垦殖区办实业,遂约贡九同去谈二小时。立三对于抗战认为一时不能了结，此去欲筹民食，豫为退步，用心甚善，但不知将来能获效果否。四时半回寓宿。

十五日　阴　元宵无月　二月十日　星期一

七时起到府，八时记念周。今日干训团毕业学员来参观。晚饭在经济食堂，饭后至店子坪等处一游，遇周鸣皋谈片刻。晚宿府。

十六日　晴　晚子正大雷雨　二月十一日　星期二

六时起，九时清理各事，准备赴建始视察。午后一时入城向警察局借夏国斌为勤务，访朱士堪、龙诗樵等。傍晚回寓。

民国三十年（1941年） 正月

十七日　阴雨　寒甚　大风雪　二月十二日　星期三

八时起，寒甚，命家人清理各事，准备出门。晚寒早寝。

十八日　雪　寒　二月十三日　星期四

九时起，未出门，夏国斌来，嘱其准备各事。

十九日　阴　二月十四日　星期五

八时起，九时到府。今日未能成行。

二十日　阴　夜雨　下雪子　二月十五日　星期六

七时起。午后进城至警察局,带同夏国斌去,言明借之出差作勤务也。至省银行访朱士堪谈半时,谈刘叔模未晤,与其妻立谈数语出。四时归,十一时寝。

廿一日　阴雨　二月十六日　星期日

八时起,写信与朱厅长、刘叔模,一为便查区政事,一为伯阳说项也。

廿二日　阴　夜间小雨　二月十七日　星期一

八时起,倦甚。上午清理各事毕,下午三时半自寓动身到城,宿省银行仓库,与朱士堪谈各事。

廿三日　晴热　二月十八日　星期二

五时起,至北门外车站搭车。遇李晓波,知其已调李家河邮局长,不日即往咸丰转李家河云云。七时开车,午后一时抵建始,住平安旅社。饭后访县政府秘书陈右军、科长鲁坚,晤谈一小时。四时访谢丛阶,细询刘葆初家事,欲约来城一谈。县长许云涟未归,未能即谈。晚十一时寝。

廿四日　晴　二月十九日　星期三

六时起,七时至县府与民厅朱厅长通电话,请予便查建始乡公所。九时有警报,与夏国斌至第一村吃饭毕,十一时至七里坪视察省立师范。因校长受训未归,亦未开课。下午至各街一游,商业甚发达。九时寝。

廿五日　晴　二月二十日　星期四

六时起，至县府。乘轿至长梁子，中经下坝观，联保主任宋某来见，询以各事茫然。正午到区署，区长陈养员留便饭，但舍此又无他处可吃饭，是以安之，因予不愿意受人招待也。便视中山镇公所，镇长施某。又参观中心小学，刘、周、邹等教员均晤见，办理尚好。傍晚归，县府张警佐来晤谈。

廿六日　晴燥　二月廿一日　星期五

七时至县府，通电话至省府，与包秘书谈话，商酌迟生读书事。晚又至县府通电话，与朱济威约谈片刻。今夕已迁县党部住宿。

民国三十年（1941年）　正月

廿七日　阴雨　下午转晴　二月廿二日　星期六

七时起，张科长来约予至军部谈话，晤赵参谋长，头脑甚清，评述军政联合事。午后至各街游览一次。傍晚县长许云涟已回县，来党部详谈一时许去，遂约定明日在县政府开会。十时寝。

廿八日　雨　二月廿三日　星期日

七时起，写李冠群、邓实、孟广漳、龙惠东、朱致寅函，均发出。午后二时至县政府，三时已到参事徐海如、张文和、吴翼生，财委会主任袁崇阶，商会主席袁立夫，救济院长何美如，区长黄艺圃、程养员、顾盛卿，科长黄中文、贺光亚，中心小学校长袁庆民，督学柴曾恺。三时半予代表省府训话，约半时毕。以后由许县长商讨县政改良诸事，四时散会。五时就县府便饭。晚归见客数次，十时寝后闻刘葆初已来城，明日当与一谈。

廿九日　阴　小雨　二月廿四日　星期一

七时起，军部约予谈话，许县长来陪予去。赵参谋长陆大毕业生，与予谈甚久，告以建始政况并军民互助诸事。赵新旧学识均佳，且通法文，近时不可多得之军事人才也。午后一时至谢丛阶家看刘葆初，廿七年未见面，中仅通函二次，彼亦皤然老矣。谢宅午餐，谈约三小时，期以明日再见。晚六时鲁科长伏生约酒叙，同席者许县长、吴参事翼生等八人，有邱医生在座，闻医道甚高明云。

三十日　早雨　午后阴　二月廿五日　星期二

七时起，至县府打电话与省府张科长、包秘书说明各事。十时约葆初、谢丛阶及葆初之侄至又一村午餐，约洋十四元，黄紫荃之弟未索账，再三推让，予亦不相强，缘黄与刘均世交也。下午五时党部书记长张用九请予晚餐，同席者许县长、张文和、徐海如、袁崇阶等八人。九时散席，予与夏国斌至街上购各物，归后遂寝。

二月

初一日　小雨　午后阴　二月廿六日　星期三

七时起,九时葆初尚未回家,来谈叙各事,有恋恋意。建始尚有一同学聂守经,闻已六十馀矣。予曾函询二次,渠亦无回信,初疑其死矣。闻鲁科长、张书记长云尚存,但性甚乖僻云云。予亦不愿与通电话。午后回看文和、海如。晚十时寝。

初二日　雨　寒　二月廿七日　星期四

七时起,县长派人来云有车开。十时带国斌同往车站,徐海如为予买票,免拥挤也。文和、许县长、张天则来送行。十时半车开,午后三时抵施南,四时到家。饭后清理各物毕,十时寝。

初三日　阴　小雨　晚大雨　二月廿八日　星期五

九时起,倦甚。上午清理各事,下午看杂书,晚写信二件,答复久未复者也。

初四日　阴寒　晚有月色　三月一日　星期六

八时起,写出差日记及账目。晚看杂书,消遣而已。十一时寝后多梦。

初五日　晴燥　三月二日　星期日

七时起,办理建始报告。午后写信二件。晚看杂书,十时寝。

初六日　阴寒　三月三日　星期一

八时起,十一时饭毕。午后一时到省府与秘书长报告建始情形,午后四时回寓。晚饭后阅杂书。九时寝。

初七日　晴　大风　晚有月色　三月四日　星期二

七时起,上午清理文件、写报告毕,下午阅报,晚看《两般秋雨盦笔记》十馀页。十时寝。

初八日　早晴　午后阴　月色佳　三月五日　星期三

九时起,倦甚,闻警报一次,午后一时又有警报。二时至省府,无多事,四时半回寓。饭后阅杂书,十时寝。

初九日　阴　三月六日　星期四

七时起,到府办公。午后四时回寓,阅笔记数页。晚饭后带同定生在门外小立,欲作诗未成也。

初十日　三月七日　星期五

六时半起,七时到府。今日阅报、阅杂书,未作事,馀时闲谈而已。晚五时回寓,阅笔记数十页。十时寝。

十一日　晴　三月八日　星期六

七时起,八时到公,午后四时半回寓。饭后阅笔记数页,恐伤目力,早寝。

民国三十年（1941年）　二月

十二日　晴燥　三月九日　星期日

六时嘱迟生起去考学校。七时沈碧舫来，予起与谈。宋德钧来，为转学事。十一时到省府，便往包寓晤李曜东。午后归写龙惠东、李晓波、刘伯阳函，均发出。

十三日　大雨　晚七时起风雨达旦　三月十日

六时起，七时到府。今日大雨未作事，晚间在办公厅补写杂文稿。九时到寝室，持烛为风所灭，右足膝下八寸许撞石础上，痛甚，遂寝。自后痛更甚。

十四日　晴　三月十一日　星期二

六时起，八时警报二次，十一时至包宅吃饭。正午跑警报至民厅洞内，闻施城西门遭狂炸矣，死伤不少。晚五时回寓宿。

十五日　早晴　旋阴　三月十二日　星期三

五时半起，六时即到府，七时到施城北门口，与饶杰吾遇，遂至问月亭，即李白问月诗所谓"青天有月来几时"，《施南府志》列为古迹者也。今日为植树节，省府派予与饶及冯少岩代表植树节。八时主席及各委员来此山下行植树礼，建厅派董道锕招呼此事。九时毕，予匆匆返府。今日幸无警报，心稍安耳。午后无事，晚写函二封，十时寝。

十六日　晴　今夕月偏食　三月十三日　星期四

七时起，今日午前有情报云敌机至巴东盘旋。傍晚问巴东办事处，知巴东街市又遭狂炸。八时月食，约一时半复圆。九时半寝。

民国三十年（1941年）　二月

十七日　晴　三月十四日

七时起，八时阅文件，十时有警报。十时半至包寓吃饭，正午又有警报，至民政厅洞内避之，时间约二时半乃解除。知施城被炸甚惨，死伤人数八十馀，干训团学员，建、财两厅所调训者有死伤。晚间闻包秘书受惊不小。五时回寓宿，明日当往慰问。

十八日　阴　正午大雨如注　三月十五日　星期六

七时到府，悉闻昨日施城被炸详情。十时奉派到城内慰问被伤军民，分临警局、县府、医院，大雨路滑，四时半乃毕。嘱警局代雇轿子回寓，已七时矣。

十九日　雨竟日　三月十六日　星期日

八时半起,今日上午未到府,下午写报告,定明再赴各处慰问。遂宿府。

二十日　阴晴不定　三月十七日　星期一

上午八时至省立医院慰问陈家骏等。陈病重,其妻亦在旁。陈为邦焘之侄,在干训团受训,受轰炸震动牵发其肺病,似难望愈也。闻建厅有万县来受训之主任早已死矣。午后四时回寓,五时辜南杰与朱新民来谈甚久去。晚阅笔记,十时寝。

廿一日　晴热　三月十八日　星期二

八时起,上午共有警报四次。下午三时至城慰问十五后方医院,由王看护长引道至病室。医官张显渠,张廑轩之侄也,钦干臣医生并述明各事。五时出,六时宿县党部龙诗樵处,谈话多,睡极不安。

廿二日　晴　三月十九日　星期三

六时起,东方日轮呈殷红色。八时到府后无多事,晚五时归家。

廿三日　晴　三月二十日　星期四

上午有警报一次,在防空洞避之。晚五时仍回寓宿。

廿四日　晴　三月廿一日　星期五

七时起,八时到府,分函约谌赔善、熊汉辅、梅先霖、李荫棠等后日过寓便饭。下午仍返省府宿。

廿五日　晴　晚大雷雨　三月廿二　星期六

早与李等通电话，约明日来寓便饭，请准时达到。下午四时回家宿。

廿六日　雨终日　三月廿三日　星期日

七时起，天气已变，雨未止。午后二时候熊、包等未来，朱少甲过寓，云熊汉辅已与彼言不能来寓。三时杨科长同李曜东来寓，谈后吃饭。四时半便托其带函至府，请假三天。晚十时寝。

廿七日　阴雨　三月廿四日　星期一

七时起，八时以久存之纸作画，仅成初次轮廓而已。午后梅先霖来寓，留饭去。晚阅杂书，至十一时寝。

民国三十年（1941年） 二月

廿八日　晴　三月廿五日　星期二

八时起，补画昨日画幅。饭后带同迟生、定生往七里坪游览，并往通天洞一看，午后三时归。晚画件已成，并写款，拟明日交与张科长泽君。数年未画，笔墨生疏矣。又为周适安作一幅未成。十时寝。

廿九日　晴热　三月廿六日　星期三

八时起，终日为张、周补画已成，并嘱内子将各衣服洗晒毕，明日到省府。

三十日　阴　晚小雨　三月廿七日　星期四

六时起，七时到府，得伯阳、陈宗榜、冯艺林、萧中天等函。午后未食饱，晚至店子坪消夜。九时归府宿。

三月

初一日　阴雨　晚大北风下雪　寒甚　三月廿八日　星期五

七时起,十一时至包宅。饭后阅通知,明日放假。三时遂归寓,行一时半方到寓。晚阅《两般秋雨盦笔记》廿馀页。十时寝。

初二日　晴　三月廿九日　星期六

十时起,倦甚,出门见对山有积雪。午后整理各笔记等件,鲁祖珍来谈甚久去。晚十时寝。

民国三十年（1941年）　三月

初三日　晴热　三月卅日　星期日

六时起，七时到府纪念周，秘书长为制服账未结事大骂柳东川，其实账非东川经手也。未知头绪率尔骂之，不足以服柳也。午后四时半回寓。

初五日　晴　四月一日　星期二

六时起，七时到府，十时交下公事一件。在包寓吃饭后似感寒疾发，战战状。十二时疾走回寓，即解衣卧约三小时乃起。四时至白如初寓谈各事，六时归。食稀饭一盂，八时又解衣寝，饮药发汗，睡甚熟。

初六日　晴　四月二日　星期三

七时起，昨睡甚安，热已退矣。十时有警报，午后一时至店子坪邮局寄卢邦俭一函，途遇警报一次。便访包贡九，值其假归，六时回寓。途行微汗，到寓仍食稀饭，写陈三民、郭渊伯一函，又写伯阳函，十二时方寝。

初七日　上午雨　午后晴　四月三日　星期四

七时起，八时到府，病已大愈。府中亦无多事，阅报并借图书室各杂志，抽阅而已。午后五时归，晚阅笔记，十时寝。

初八日　早阴小雨　午后阴　晚八时大风雨电兼雨雹下雪雨　四月四日　星期五

九时早饭，十时至包贡九寓，就其寓吃午饭毕，已正午矣。遂至城内鄂西第一粮食公司访问各事，其副主任邓濂溪则廿年前武昌三一中学学生也，谈甚久出。与李仆同至西门、北门买零物件，四时渡小河回包寓略谈即回余宅，已疲软不堪矣。手提物件约十馀斤，腕痛甚，七时半即睡。未几大雷风雨雹声震瓦上,约一时乃已,十二时后大雨至旦。

初九日　早小雨　寒　今日清明　四月五日　星期六

昨未睡适,天欲曙时梦先母及甥女广云,又见玉笙,似搬家状。先母背各零物,嘱余云快走赶船,室中事放弃可也,余行时大哭,旋醒,天已大明。记今日清明节,流亡三载,鄂城各祖坟及先父母墓未能亲祭,感伤无已。晚间清理各事。

初十日　晴　寒　四月六日　星期日

上午清理各事。饭后携文稿等件至省府,已正午矣。见秘书长报告查鄂西粮食管理处各部组织事,秘书长请余代严秘书核阅文件,自明日起,因严入施城干训团受训也。晚宿省府。

十一日　阴寒　晚九时雨　子正大雨　四月七日　星期一

六时即起，今日上午纪念周，予下午起代严秘书阅民政厅公事文件共十七件。自去年四月中旬，未阅公事近一年矣，公事格式诸多变换。晚餐在府食未饱。九时半寝。

十二日　晴　四月八日　星期二

六时起，七时半阅文件，午后文件较少。四时韩英华自远安来谈各事，云萧液垓已抵三斗坪，不日可到施，同来者彭科长并王仆云。四时半予回寓吃饭，因昨日未饱，晚睡亦不安也。

十三日　上午雨　午后晴　四月九日　星期三

六时到省府阅文件,十时到民厅未晤林渊泉,太平溪来电甚长,译未竣,欲阅林之原电也。午后陈汉民督学送来四区存宜昌县府赈物,系去腊解府者,今日方送到。余以事冗亦未拆看,附来朱致寅一函。

十四日　早大雾　晴　夜月甚佳　四月十日

昨宿府,今日起甚早,八时刘叔模来电话告余以各事,正午在包宅吃饭。梦闲来,嘱将宜昌带来包袱嘱其带回寓。下午长梁子陈养员区长带来新茶叶并香荨,并退款四元。四时半予回寓,自带此件回,携物行路,汗出如渖。

十五日　上午晴　午后阴　五时大雨如注　四月十一日　星期五

六时起，同迟生到府，因携物多，不能提也。上午阅文件，到包寓午饭，遇萧液垓自远安来者，与谈各事。午后文件更多，在府并补阅各件。宿府。

十六日　早阴　旋雨　午后五时转晴意　四月十二　星期六

六时起，七时到公，午后雨。用电话询林渊泉，知陈季明被军队捕去事，朱厅长已去电与卢县长矣。买米嘱周仆送寓，并带皮鞋来。今日午饭至包宅，因雨颇以行路为苦，明日当设在府搭火食，不外出也。

民国三十年（1941年）　三月

十七日　晴　四月十三日　星期日

六时起，七时到公，八时液垓来，予恐其有多话，遂道至寝室中谈半时许。王仆安雪亦来，予便告以其家各事。九时阅文件，十一时在府午餐后回寓。

十八日　晴热　四月十四日　星期一

六时起，嘱迟儿携包袱同来。八时纪念周后照例阅文件。下午文件稍多。

十九日　晴热　四月十五日　星期二

六时起，今日上午警报二次，下午又有警报。今日文件多。晚间闻巴东又被炸，马麻地一带有损失。今日王安雪来述各事，予以其忘恩负义骂之，嘱令去。

二十日　晴热　四月十六日　星期三

六时起，今晨在府起火食，六时半稀饭甚好，予已数年早晨未食稀饭，今晨起尚不反胃。午餐、晚餐火食尚好，较胜于每月十六元火食已加数倍丰盛矣。今日文件更多。晚宿府。

廿一日　晴热甚　四月十七日　星期四

早起，今日文件甚多，晚四时半校阅不尽，留作明晨再阅。予自十一日起，今已十一日矣，公文变更又与去春不同，然无甚意义。四时半饭毕回寓宿。

廿二日　晴热甚　四月十八日　星期五

八时起，九时来府，足软甚，阅文件。萧液垓来提及王仆安雪事，予盛气责之。午后文件更多，连日足疾，亦未至店子坪等处，系念鄂城诸事，心中怏怏甚。晚间时与周适安谈各事。

廿三日　晴热　四月十九日　星期六

早起，七时朝会，举行罗迪烺讲书，共延时间约二小时。同人鹄立，予以足疾，真觉久立伤骨也。今日公事多，未能回寓。

廿四日　晴热　四月二十日　星期日

早起，今日府中时间更变，食宿俱提前或退后。上午十时半饭毕，予回寓并带仆携包袱归。朱少甲来谈并询各事去，予小睡一时许乃起。晚与内子说各事，孙寿山、胡太辅、姜成英俱有信来述各事。

廿五日　晴热　下午有黄沙　四月廿一日　星期一

八时起，嘱迟生与予携包袱至府，循例阅文件。今日足疾未愈且加剧。下午四时闻主席已回施。晚间补写信件及日记，复太辅、寿山等函，明日可发出。

廿六日　晴热　四月廿二日　星期二

早起，今日阅文件，检登记簿查之，自阳历四月七号起截至今晨半个月中，已阅四百四十馀件矣。近来公事以民厅为多。午餐后往蒋立庵、林渊泉寓中一谈。连日未往店子坪，今午足疾稍好，乃思一往，仍未至坪，仅与蒋、林一晤。归后朱伊仲送来代购之兜安氏药膏一盒，照从前市价已增十倍，谈一时去。晚餐前头晕甚，傍晚未愈，寒热不调，乃有此象。睡后梦见先母如平时。

民国三十年（1941年）　　三月

廿七日　阴　晴　四月廿三日　星期三

早起，上、下午共核文件廿起，晚与周适安同往包贡九寓一谈，便访张文炳。连日以事忙足痛未外出，今晚乃得出游，草木秧田蓬勃生气，已近孟夏天气矣。八时归，十时寝。

廿八日　阴　上午十时半大雷雨　午后一时大雨如注　四月廿四日　星期四

五时半起，昨睡尚安。九时回家，途遇梦闲，予嘱其不往店子坪，彼不听。归后匆匆饭毕，雷声大作，予匆匆持伞出门，中途遇雨，履裤俱湿。到府后阅公文十一件，昼寝半时，极不安。李晓波来函详告自恩施往常德路程，并云彼已定婚续弦，下月即来施。其前妻余于去腊见之，病劳瘵，已距死期不远，余返施不久即闻其已死矣。此皆受抗战影响而死者也。

廿九日　阴　晴　四月廿五日　星期五

早起，循例阅文件，饭后梦闲着人送信来，予遂往包秘书告以各事，并访所长阮宴如，为租铺房事。午后核文件甚多，晚间欲回寓未能也。阅报知国际方面英、希俱败，德国胜利，希特勒有统一全欧之势，迨将来之拿破仑欤？自日俄协定后，民主国家日见失败，以后战况殊难推测矣。

四月

初一日　阴　晚雨　四月廿六日　星期六

上午阅文件，下文更多。今日下午欲归，又以雨作罢。四时阅通知，明晨七时到城内干训团扩大纪念周。孙传高到此开会，便托其带函及报纸与迟生一阅。晚仍宿府，恐明日天晴，须往城内也。

初二日　小雨　晚六时转晴　四月廿七日　星期日

早起天雨，予决意不入城，不独路滑难行，且无寄食之处也。八时至办公厅补核文件，感慨殊多。来凤吴宝炬呈文及代电，时已匝月尚未缮写发出。以此事推之本府公文，批答至速者须七八天，迨至县府或其他机关，奉到时总在半月内外,何其迟笨乃尔。晚饭后欲外出仍未果,连日报载英、希惨败,德军大胜。

初三日　阴　午后小雨数次　风寒　四月廿八日　星期一

五时起,今日上午核文件甚多。午后四时欲回寓,恐有雨,仍未归。阅罗资深自监利周老嘴来函,知该地尚平静。吕受图函知下游生活亦贵,彼在长沙作贸,亦系有办法之人。晚间与童股长、朱泽霖谈甚久,阅《元曲选》一小时。

初四日　晴　四月廿九日　星期二

早起,七时阅文件。九时警报,十时解除。午饭后欲小睡,警报又作,再至新洞中避之,时间甚久,闻电话兵云敌机廿六架由资坵来,未几闻上空机声大作矣。投弹甚多,以地势度之,似在城内外东南方,弹声甚多,且震动殊甚。午后一时府派熊秘书等往查，晚间城内外东西南三门被炸均惨。敌机投弹二百馀，乌羊坝毁坟墓不少，死伤人数据警局报来者，死五十一人，轻重伤卅七人，此未可信者也，明日或另有报告。本府之勤务刘强生为贩卖部进城办货，在防空洞震死，闻此洞中共震死廿馀人。晚五时回寓宿。

初五日　晴　四月卅日　星期三

早起，今日文件不多，午前、午后跑警报二次。阅报知德军胜，英已呈败象。美总统之公子已往渝，或者将来欧战有变化欤？晚寝后梦先母，似嘱予乘船。

初六日　晨晴　旋阴　午后若有雨状　夜雨达旦未止　五月一日　星期四

早起，七时有警报，九时又有警报。今日文件更少。五一劳动节，今晨本府各部份人员，昨夕派定于晨五时半即出发矣。午后宜昌白洋坪刘长纯来一函，不知谁为代书，殊为可笑。晚饭后回寓宿。

初七日　雨　午后方止　五月二日　星期五

九时起，十时饭毕，雨犹未止。十二时着草履自寓经七里坪绕道至省府，约二小时方到，汗湿衣裤，足软腿僵，颇以为苦。至办公厅阅文件甚多，晚饭后欲阅杂书，以目痛遂止。连日忆及童稚时事，又思乡甚切，寝亦不安。

初八日　晴　五月三日　星期六

今日警报三次，电话中得知敌机三批入川，共六十八架炸重庆云云。下午核阅文件甚多。五时至贡九寓中吃饭，同席者萧液垓、周立渔等五人，酒菜均丰。七时归。今日为佛生日，忆及往事，感触殊多。

民国三十年（1941年）　四月

初九日　阴　晚七时小雨数次　五月四日　星期日

早四时即闻仆从喊职员到城内体育场开会，昨夕所预派者，扰扰半时乃止，予遂起。七时有警报，九时阅文件。十时半午餐，十二时予回寓略事清理，小睡片刻，连日思乡。明晨六时又有纪念、扩大纪念等等，予以足不能久立预请假二小时矣。晚闷卧而已。

初十日　晴　五月五日　星期一

七时起，漱毕即行，八时到府阅文件。晚嘱勤务送米回寓。公务员买米已减少成数，涨价愆期，政府法令说话多不可信，此一例也。阅报知昨日重庆又为敌机五十五架轰炸矣。

十一日　晴　晚月色大佳　五月六日　星期二

早起，今日有警报二次。谭菊畦来函述其妻自石首来，用钱不少，路上甚太平。又宜昌北洋坪王区长来函云盗案又追缉，并告报分乡失陷，当时情形极惨云云。今日核文件仅七件，下午五时回寓。

十二日　阴　午后四时小雨　子正大雨　五月七日　星期三

六时起，即来府核文件。今早有警报二次。午后天气转变，下午四时即晚餐，省府请各参议员观剧，并有电影。七时大雨骤至，观众男女奔跑喧嚣之声扰扰半时乃已，何事可乐耶？人人均为水淋鸡以去，电影闹至十一时乃止。予寝亦不安，转钟犹未睡熟，府中工役尚争食喧扰，是时大雨如注，至天明犹未止。今日宜昌四区吴专员又来一电。

十三日　阴　时有小雨　五月八日　星期四

六时起，天气转寒，与昨日大异矣。四乡望雨，此时真不啻甘霖也。前接本籍函及阅文件，鄂东、鄂南各县俱天旱，荒象已成，将奈之何。不知现时已下雨否，殊为念之。晚寝梦先君不异平时。

十四日　晴　夜月极佳　五月九日　星期五

早起，今日上、下午警报三次，云敌机八十馀架袭渝。下午三时半至施城，沿途天热难行，至施已四时半矣。至鄂西旅馆李晓波处，彼今日结婚，为邮局同仁作伐，续弦刘姓女子，年不过十七八。其妻去腊死于巴东，未死前四日尚延予至巴东寓吃饭，亲为办菜等事。人生危如朝露，可慨也。与晓波谈数语，以天晚又不能在城内宿，遂匆匆出东门渡河回寓，汗出足软，极以为苦。吃饭后即寝，身疲甚。计今日连跑警报、到城、回家，已行十三里矣。寝甚恬。

十五日　晴　五月十日　星期六

早起,七时即有警报,午饭后又来警报,云敌机五十馀架袭渝,又不知死多少民人。阅报,昨敌机袭渝,似甚惨重,不过向来报纸无一次不饬词如"我无损失"或"损失甚微"等语,致令阅者久而相信耳。晚睡后室中闷郁,起视月光数次,寝则展转难安,连夕均有蚊吸人血,此等小县真非吾人所乐居也。

十六日　早小雨　旋大雨如注　五月十一日　星期日

四时即闻吹号集合,各科派代表至城内干训团扩大纪念周去矣。六时起天雨,予至办公室看文件。午后欲回寓,以天雨遂止,自是以后大雨,晚雨达旦未已。予睡亦不安,买米一袋,因天雨未令勤务送归,鼠时时来嚼,可厌。

十七日　雨终日　五月十二日　星期一

早起即大雨，七时纪念周，站立约一时半。今日核阅文件约廿馀件。午后寓中命卢雨青送菜来，并命其将米带回去，正苦无人送回也。

十八日　雨　五月十三日　星期二

七时起，八时阅文件，午后续阅，计共有廿八件，中多为军民粮食问题不能解决请示者。又黄冈县长严□□被新四军绑去，较为重要。晚饭后外出一次，十时寝。

十九日　雨　五月十四日　星期三

八时起，予以阅文电月馀，颇感劳顿，已呈病状，遂请假五日暂资休息。严秘书已回省府，一切仍交渠核阅。

午后回寓，晚间清理各事。十时寝。

二十日　阴　五月十五日

八时起，上午清理案上书籍，准备写杂稿。连日核阅公文，殊少兴趣也。午饭后。

廿一日　　晴　　五月十六日　　星期五

廿二日　　晴　　五月十七日　　星期六

廿三日　　晴　　五月十八日　　星期日

廿四日　　晴　　五月十九日　　星期一

廿五日　　晴　　五月二十日　　星期二

廿六日　　晴　　五月廿一日　　星期三

廿七日　　晴　　五月廿二日

廿八日　　阴　　五月廿三日　　星期五

民国三十年（1941年） 四月

廿九日 阴 五月廿四日 星期六

七时到公，今日仍阅文电，上、下午计共三十件，皆普通无关紧要者。当阳县长何训诗请展限实行新县制，尤为趣闻。该县全部沦陷，县政府借远安一角办公故也。

卅日 雨 五月廿五日 星期日

七时到府，上、下午阅文件十八件。前英山县长杨必声陷害胡人伟等一案，鄂东行署昔复行政院褒惩委员会文也。下午回寓。

五月

初一日　晴燥　五月廿六日　星期一

六时起，七时到府，汗湿衣裤。上午警报二次，下午一次，阅文件甚多。予近日心乱如麻，思乡念切，细记祐廷所述各事，尤动回乡之念也。午后陈文伯来，仍为季民事。连日府中火食系吃苞谷饭，各职员出钱，并非缺米，而乃为此虚伪之事以欺人，办庶务者可杀。傍晚归，饭后身疲甚，遂寝。寝后多奇离之梦，似已回乡，遂次遇敌人。

初二日　晴　五月廿七日　星期二

五时起，六时半到府，今日警报三次，核阅文件，心实不宁。连日祐廷、文伯时时来谈，祐廷昨已入民厅矣。下午二时予至厅访朱厅长，便问赴鄂北、鄂东事，又提及退休，彼均无具体答复。其心中若有事不豫然，谈半时出。回府核文件，傍晚归。夜寝，多奇离之梦。

初三日　晴热甚　五月廿八日　星期三

五时起，六时到府，晨光甚烈，到后汗出如渖。今日无警报，核文件甚多。昔贤不为五斗米折腰，今年食米竟成严重问题矣。予之奔波于此，牵就于人者，为米也。午后五时半归，衣湿未能洗澡，此间水贵，连日又无人挑，价则每担三角，殊为奇事。晚寝多奇离之梦。

初四日　晴热甚　五月廿九日　星期四

六时起，六时半到府，今日朝会予未参加，虚伪之事近时太多，可为叹息。今日无警报，阅文件甚多。苞谷饭二餐仅食一碗。近五日有谣言，云战事不利。傍晚归。寝后精神不安,多梦,似已回武昌寓宅,见前重左右宅俱毁,予与易泮香同行街中,遇敌兵欲检查予身,正惊惶中遂醒。

初五日　晴热　五月卅日　星期五

五时半起,六时半到府。今日为旧午节,记去年今日宜昌失陷,予已得信,正在小峰寓中郁闷无策之时也。今日亦无警报,十时半下班至贡九寓中吃便饭,坐谈二时许回寓,小睡数次不能熟。晚饭后带同定生至前山闲眺,约一时归。今年端午真百无聊奈也。晚九时寝,极不安,梦先父母如平时,似予已回鄂城状。

初六日　晴热　五月卅一日　星期六

六时起,即往省府,朝暾甚烈,显热状。到后即阅文件。午餐火食极坏,据说又须加价,月卅二元,予即书条自明日停火。人心近来愈坏,二科办火食者事事又在职员身上打算。今午无水吃,挑水伕已病九人云云。五时请假拟赴宣恩,天气似有雨,予遂匆匆回寓。夜寝多梦。今午警报二次。

初七日 晴热甚 六月一日 星期日

六时起,七时半到省府,将近时闻警报,遂归。在途小憩遇陈文伯来,同谈,到寓留便饭,为渠拟电稿二,午后四时别去。五时半祐廷来,谈片刻去。记去年今日正避溃兵抢掠于姚家冲之岩洞中,可怜之至。定儿偶啼,予与梦闲以手塞其口,惧兵寻至而掠也。吁,此吾国之兵队也!今日忆及犹栗栗然。明日为予五十六初度,去岁避兵时偶与梦闲叹息咨嗟。今日居此,欢乐更谈不到。前日包贡九和予旧作《五十述怀》诗,索酒明日,尚未计及也。今日敌机过上空甚多,大约又炸重庆。晚寝不安,多杂梦。

初八日　晴热甚　月色佳　六月二日　星期一

四时醒，五时梦闲带定儿往医院诊病。六时予起，盥漱讫往省府。今日万内子病亦未愈，予以郁闷在寓亦无事，又不知昨日请假单已准否。到府已八时矣，知昨晨干训团、各厅处职员听讲，有热而猝倒者包贡九、周适安等数人，幸予已请假矣。阅文件数起，持昨单向秘书长请假，经予婉说乃准此月内必退休，无可再恋也。文件阅毕，警报大作，遂匆匆回寓。文伯在此，便留饭。今日为予生辰，回想去岁今日及以后抗战情形，百感交集矣。天热如蒸，未能外出，偶与文伯谈去年事，心乱如麻。吁，何日胜利回武汉耶？今日警报二次，敌机甚多，明日阅报当知之。

初九日　晴　晚雨至丑正　六月三日　星期二

七时起，上午文伯来。午后予心感触甚多，连日闻各事心乱如麻,将来欲迁何处耶?晚寝多梦。今日亦有警报。

初十日　阴　午后晴　晚有月色　六月四日　星期三

七时起,八时饭毕,至民厅晤祐亭、何有詹等,晤和甫于法院。予即往城内至县府二次,为打听汽车及雇滑竿,今日走路甚多。至干训团晤黄仲恂谈甚久,晤朱伊仲谈片刻,嘱李仆送予归,已晚八时半矣。文伯乃去。予饭后十一时方寝,展转不寐。又闻卢宇青已为县府捉去,内情不知为何。

十一日　晴热　晚月昏黄　六月五日　星期四

七时半周仆送米来,张孝惠代买者,予乃起。八时半文伯来,夏国斌来取函去,致卢启迪,一为释卢宇青,一为中止赴宣恩事,嘱其辞去滑竿。十一时与文伯访白如初未晤,途次闻警报。午后心乱如焚,感想过去将来,令人无何自主也。写二信付文伯去。五时半警报，六时半敌机数批入川，八时三刻敌机掠此高空过，想渝、万又遭炸矣。此为敌机今年夜袭第一次，十时、十一时敌机分批自川归，均过此间上空。寝后多梦。

十二日　晴热甚　晚月色昏黄　六月六日　星期五

七时起，上午警报一次。十一时与文伯同访白如初未晤，当交名刺与施仆，请其达意。是昨午事，已重写。午后又有警报，晚饭后烦闷不堪。小儿病未愈，卢雨青在县府亦未释归，陈季明案亦未开释。予又急于退休，但退休以后作何办法耶？十一时与迟生同往参议会晤段锡三、吴献之谈甚久，借得蚊帐一床。今日警报共二次，晚寝后不安，且骂梦闲数次。转钟以后梦李佛波及其妻妾俱归仁寿里旧宅，其避乱时细软未失，予为之打恭，似再见面而庆祝者。佛波十阅月无信来，不知彼现时在何处也。

十三日　晴热　下午三时暴风雨　半时止　晚十时以后雨　六月七日　星期六

七时起，昨梦李佛波事犹在依稀中。呼，佛波尚存否也？饭后文伯来求作书，介绍白如初往见矣。午后写严立三先生一函，言明来宣恩中止事，又写信约黄纯璋问宣恩事，并约朱伊仲明日来吃便饭，托文伯带城内。午后三时暴风雨大至，今日有上午、下午有警报，暴风雨中敌机分批过此，又系炸渝市也。阅报前日渝市炸极惨，昨日炸衡阳。噫，此劫运何时已耶？傍晚犹闻施城警报二次。今晚凉甚有风，转钟以后闻雨声。

十四日　晴热　晚月色佳　六月八日　星期日

六时起。八时半文伯来。午后一时黄纯璋来，与谈宣恩事甚久，四时留便饭去。今日一天无警报。十时寝后百感交集，思乡之心未尝一夕释也。

十五日　晴热　夜十时雨至旦　六月九日　星期一

七时梦闲引定儿医院看病，予起饭后清理往省府衣物等等。昨晚祐亭来时，予已往七里坪购物，傍晚归，与谈一时许。予愁回乡，彼愁已来此，天下事不可逆料如此。正午整理各事毕，今晚当往省宿，到后再看情形上退职签呈。五时搬行李、蚊帐同卢雨青至省府宿，与朱济威、童旭玄等谈近事。十时寝，展转不寐。

十六日　上午小雨　午正大晴　仍热　六月十日　星期二

五时起，六时上办公厅，十时与庆复、文伯同出至包宅吃饭。下午热甚，至庆复家一次。自今日起不阅文卷，予甚喜，惟闻退休旅费第三科已改章程，刻薄如此，殊可恶。盖外籍人已退休者先领多金，再来限制鄂人也。五时遇财厅管卷室，请赵先生代查帅和甫退休卷。六时到家吃饭毕,遂补日记。

十七日　晴热　六月十一日　星期三

七时起,上、下午有警报七次。午后未作事,四时半回寓。今午敌机凌空过。

十八日　晴　六月十二日　星期四

六时起,七时到府。今日朝会,王黎夫、周鼎瑞讲话毕,未几警报大作,各员役逃防空洞避之。晚四时归。

十九日　晴热　六月十三日　星期五

六时半到府,下午处务会议,决议各事多未举行,真所谓决而不行也。四时半回寓洗澡。

二十日　晴　六月十四日　星期六

七时到省府，阅报，写函三件。午后警报，敌机三架过上空，在城内柿子坝投弹二枚，七里坪过去石炭窑投弹一，均小有损失。

廿一日　晴热　六月十五日　星期日

八时起，未到府，闻有扩大会纪念周。午后有敌机过上空，发警报二次。

廿二日　晴　六月十六日　星期一

八时到府，阅报及接各处函。各县望雨，旱象已成，鄂东南各县尤甚，殊可虑也。

民国三十年（1941年）　五月

廿三日　晴热　六月十七日　星期二

七时到府，闻开例会。午后阅报，各地望雨，粮食飞涨，可虑也。战况无真实消息，胜利在何时耶？晚五时回寓。

廿四日　晴热　六月十八日　星期三

七时到府，接各地函，旱灾已成，近已四十馀日无雨，禾苗尽枯，以后不堪设想。物价愈涨，不能制止，奈何。晚五时回寓，饭后与家人闲谈。十时寝。

廿五日　晴热　六月十九日　星期四

七时起，今早未往省府。下午各机关人员、员役到土桥埧水润谷，表面救灾，以博民众欢心，此非根本救灾法也。午后五时回寓,饭后乘凉,默察灾情、战况,令人心悸矣。十一时寝,转钟后不成寐,天未明时即有警报。

廿六日　晴热　六月二十日　星期五

六时半起,七时到府,刚坐定有警报,九时半又有警报。下午一时半敌机多架在施飞机场投拾馀弹,另一架在土桥埧盘旋三次方去。今日人员跑路不少,办公全停止矣。近数日天热,员役完全跑警报。午后五时回寓,饭后未作事。十一时寝。

廿七日　雨　六月廿一日　星期六

七时到府,今日无多事。久旱未雨,得雨不足,尚无益也。午后四时半回寓,饭后阅笔记,晚凉早寝。

廿八日　晴　六月廿二日　星期日

七时半到府。今日有警报四次，上午敌机均未凌空。午后又有警报一次，晚五时回寓。连日敌机肆虐渝、万间。难乎，为民众矣。

廿九日　晴热　六月廿三日　星期一

八时起，予因作文请假，未到府中。今日午后闻秘书长对于第二科职员大为震怒，用手令押办科员汪文伯，股长周春崖记大过二次，股长徐震东以后须案时到公，责令在府值宿。明令煌煌，但二科对于长官素不服从，且且表示反对态度。从前处务会议讨论各处，彭科长鼎宣说话毫不客气，并不相让。予从其旁窥之，秘书长默无一言，何也？以其为主席亲信欤？然则何以对于他科室能管理，而二科在例外耶？又闻《湖北日报》已出号外，德、意二国于廿一日对苏俄宣战云云。晚十一时寝。

三十日　早阴　旋大雨　午后雨更大　转寒　六月廿四日　星期二

五时枕上闻警报，未几解除。七时小雨，八时饭后与雨青进施城，路滑难行。十二时至县府与卢秘书晤，嘱其早雇定轿子。午后一时至税务局，久候局长未到局，与文牍曾海洲谈甚久，细问各事。三时再至县府索轿，又候一时许乃得之。归寓衣履俱湿，身寒甚。晚饭后写三函。九时半寝，多梦。

六月

初一日　晴热　六月廿五日　星期三

七时起，饭后命雨青取省府信件归，得鄂城久旃函，知文端尚存在，住宜昌杨叉路同兴合店，前因久病，未及作函告家中也。午后覆各处函，积压久未答复者也。二时至省动委会访白如初，为季明事。白云嘱致黔江二函俱已发出。与滕昆田遇，谈宣恩事甚久。予欲居宣恩，诸事不能不嘱托渠照拂耳。四时至七里坪买杂物，五时归。饭后写王一鸥函、熊汉辅函，约二人明晨到寓。便卢雨青进城宿，命之持往，明晨带菜回，较便利也。晚十时寝后多杂梦，奇离殊甚。心乱不安，感而为梦亦不安，连夕或展转不寐。

初二日　晴热甚　六月廿六日　星期四

七时起，八时文伯来，十时饭毕。午后一时熊汉辅来，商谈往宣恩各事，约二小时，留之饭去。予与文伯进城已午后二时半，途行热甚，避防空洞中。遇汉辅，迄进城已四时半矣。至南门税务局与局长张兆辰晤谈甚久，人甚精干。傍晚因无轿，嘱其派一工役送予归。沿途访文伯，立谈数语；访汉辅，尚未回旅馆。今日行路多力，足疲矣。八时半到家，已不能动，洗澡后即寝。十时以后睡甚熟，以思家久，连日心神极不宁。梦予与易泮香牵涉某罪须晋省，无船遂归，未几云有船矣，须急行。着蓝色特制之衣，先父母俱在场，遂醒。

初三日　晴热　六月廿七日　星期五

七时起，今日镇日无警报。接鄂城杨济民、松滋吕受图挂号信，均述两地近状。另一太平溪来双号信名朱星祥者，余实不知其人也，函请谋事，殊为怪异。晚饭后小睡，连日疲困甚，十时寝后多奇离之梦，心思归，实不安也。

初四日　晴热甚　六月廿八日　星期六

六时起，八时早饭。九时至洗爵溪粮食公司，途中遇警报，到后晤倪柏青及经理张笃周，谈甚久，并询其改良办法。十一时归。十二时敌机六十馀架经施南南边高空掠过。晚间对门邹君自银行归，云系炸渝、万也。阅报，欧战德军胜利，俄有败势，可为狡猾者戒。十时寝后多梦。

初五日　晴热甚　六月廿九日　星期日

五时醒，命迟生去买菜。七时起，八时闻警报，旋敌机一架经此上空去。九时三刻敌机廿七架经此高空掠过，大约又系往成都。因今日警报较昨日为早，十二时以后闻解除。午后祐廷来谈，留便饭，至傍晚方别去。李成佳来函云彼不日回宜昌小峰，便写函与陈三民及巴东朱阳春，使之带去。今日万内子病仍未愈，成家送药来，又另服头痛粉一包，乃稍愈。胡文虎之头痛粉兼治各种痛病，殊为奇事。九时寝后梦予与张铣、包贡九裸下身观电影，七八折后云有飞机掠空过，旋于一白纱布上题七律，已成六句，第六句云"其奈诸人壁上观"，醒时忘其五句矣。

初六日　晴热甚　六月卅日　星期一

早有警报二次，八时到省府与秘书长说近日查案各事。十时有警报，遂归，午后敌机多架凌空过去。三时至民政厅晤饶科长，并至粮食调节处查案。今日最热，行路最多，极以为苦，晚疲甚。寝后多梦。

初七日　晴热　七月一日　星期二

七时起，记昨夕梦不甚了了。六月六日为先君子平生最得意之日，时时为予言之。盖甲辰六月初五余入泮，六日贺客盈门。先生一生失志,无时不在坎坷中,每对戚友言此事也。噫!先君谢世距今已廿七年矣。椿荫日远,予怀念愈深,今尚羁栖于二千里以外,东望家园,伤感无已。晚十时寝,展转不寐。国难未已,抗战四年,天旱如此,将来诸事可推测矣。

初八日　晴热如伏　七月二日　星期三

闻雨青自宣恩归,熊汉辅来一函,谓已代租卓姓屋,扇子等件已托柳姓代售云云。今日无警报,晚沈伯赓归,述宜、沙敌人撤退,省府不日迁宜昌云云。此事去春闻之数次,谣言过多,不足信矣。晚热甚,寝后汗出,手不停扇,今年夏第一热日也。

初九日　晴热甚　七月三日　星期四

七时起,上午未到府,午后去未久即归。晚间尤热,旱象已成矣。晚十一时寝。

初十日　晴热　七月四日　星期五

上午五时半即闻警报,七时四十分又闻警报,十时又有警报。予未往省府,午后天热在家阅杂书。晚十一时寝。

十一日　晴热　七月五日　星期六

七时起,八时有警报。午后到府,四时半即回寓。

十二日　晴热　七月六日　星期日

八时起,上午未往省府。午后阅笔记,以天热未出。晚十一时寝。今日下午有警报三次,敌机袭渝等处。

民国三十年(1941年)　六月

十三日　晴热　七月七日　星期一

七时起,予已请假,未往省府。今日为七七抗战纪念日,恐敌机来施轰炸也。十时半警报已来,敌机大约又袭渝也。午后热甚,在家作文。晚十一时寝。

十四日　晴热　正午微雨　七月八日　星期二

七时起,八时有警报二次。午后往省府,晚五时半回寓。

十五日　晴热　七月九日　星期三

七时到公,午饭在陈庆复家吃,午后四时半回寓。天热行路极吃亏。晚间室外墙晒热如火,又不能坐,颇以为苦。因此种环境令人益动故乡之思也。

十六日　阴　七月十日　星期四

七时到公，午后阅报，战事亦未进展。天久不雨，闻鄂东南及武汉皆然。今岁如无收获，则后患不堪设想矣。晚十一时寝。

十七日　晴热　七月十一日　星期五

七时到公，午饭后阅报半时许，下午四时回寓。热不可耐。

十八日　晴　七月十二日　星期六

七时到公，今日上、下午无事，阅笔记数页。晚间在外乘凉，但近数日仍无雨意。

民国三十年(1941年)　六月

十九日　上午小雨　午后晴　六时后小雨　七月十三日　星期日

七时到府,阅杂书,写复各处函三件,午后四时归。今日虽两次小雨,于农事无甚裨益也。

二十日　阴晴　七月十四日　星期一

七时起,有警报,八时又发一次,敌机未过此间上空。晚五时回寓,饭后乘凉,与家人闲谈。

廿一日　小雨　旋晴　七月十五日　星期二

七时到公,午后无事,五时回寓。

廿二日　晴热　七月十六日　星期三

七时起，今日上午八时至十一时警报二次，员役逃避，作事甚少。

廿三日　晴热　七月十七日　星期四

七时起，今日上午警报二次，下午警报一次。予未往省府，各员役逃避洞中，甚忙。

廿四日　晴热　七月十八日　星期五

七时起，今日上午警报一次，下午警报二次，各员无心办公。晚间在外乘凉。连日役报起，今日上午八时至月十王过此间上空。晚五时回寓，饭后乘凉，琮警报不断，天气又热，各厅处职员与土桥坝民众镇日逃警。天旱，即小菜亦难购买，七里坪住户挑水吃者每担七角至一元，尚难雇人。噫，此成何景象耶。予因代秘书长等作刘氏百龄寿序，自廿二日起在家秉笔，是以未往省府，亦借此少跑警报而已。昨至图书馆借来归震川、耿天台、方望溪文集数种，备翻阅参考，又向谈君讷馆长借来《甘岳樵文集》一本，列举自汉至清末男女百龄寿者廿三人，得此参考，较易落笔耳。惟以事杂天热，为陈季明案又时时萦于心中，少作文兴趣。晚间与徐周邻居闲谈，室内热甚，俟夜静后方可安寝。

廿五日　晴热　七月十九日　星期六

七时起，八时至十时警报二次。饭后检阅甘氏集中记嘉鱼老妇朱太君，兼引证秦汉仅伏胜、张苍、班壹三人，汉魏之间仅华陀、王真青、牛先生，晋佛图澄、单道开二人，唐甄权一人，宋陈抟、祝道嵩、延赞、贺兰栖真、柴通元、福安县民罗母、郭宗母七人，辽金有孙宾夫妇、忽里罕三人，明有毛弼、梅吉夫妇、林春泽四人。秦汉迄清阅二千五百年，百岁老人见诸史册者才廿三人而止。以上甘氏原序，甘氏系李春萱请其代嘉鱼朱姓所作者。甘文述朱太君阅三世变乱，发白转黑，四世同堂，孙曾绕膝，并未详述其家世及其子孙之果贤与否。又系及乾隆时涪州周老人寿百四十岁事，得此参考，作刘百岁寿文不难。刘为现第六战区副司令长官黄琪翔之外祖母也，以黄贵，广东军事长官联名为之征文，近世军人好名如此，可哂矣。晚十一时寝。

廿六日　晴热甚　七月二十日　星期日

七时起，今日拟作刘氏百龄寿文未果。午后陈文伯兄弟、朱祐亭先后来寓，孙三元姑娘与其同学二人亦来此。四时包贡九来坐谈甚久，均留饭饮酒去。今日终日无警报，惟天热如蒸，令人难受。七时朱、包等先后别去，晚热不能寝。夜半以后梦回鄂城晤见王久旃、文旃、石云衢、镜清、洪英等事甚多。似洪英道予至城外晒蓝白衣处候某人者，心怦怦然，惟恐有敌人见予者。天欲曙时醒，枕上记梦甚详。噫！何时回鄂城耶。

廿七日　晴热如蒸　七月廿一　星期一

四时枕上又续梦，似到武昌，过大朝街一无招牌之旅社，见简阳明立门外，着新蓝竹布衫，予与语，旋同入内，见此屋两壁挂白绫，所书零句署款则敌国姓字也，且有窃鄂城名人印而倒盖之者。予询阳明以北平旧事，又恐敌人来旅馆中检查，遂匆匆出，梦醒后天已明矣。噫！何时回武昌耶。忆阳明卒已久，今复见梦于此，主何事耶？七时起后拟作刘寿母序，至晚已成，并不惬意。今日有警报二次，敌机凌空一架，大约系侦察情形也。晚间更热，似有雨状，室外墙热如火，不能坐。十时遂寝，未安枕，十一时半展转□寐。

廿八日　晴　午后热甚　夜十一时半雨大作　七月廿二　星期二

七时起，将昨作刘序整理重书之。今日有警报二次，午后热更甚,晚寝极不安。十一时半乃雨,阅表大雨仅一小时,转钟又下大雨二次,时间亦短。

廿九日　雨　阴　午后二时晴　晚仍雨　七月廿三日星期三

七时起,早亦有警报,九时半予至省府取信件,知近日无多事。饭后至包贡九寓一谈,四时天仍雨,遂归。陈季明在寓,饭后与谈各事去。闻省银行得电话,宜昌敌已退却。真耶?伪耶?接朱士堪函,谓李成佳偷其衣服、眼镜等等去,价值五百元云。人心难测如此,可叹也。九时寝后多梦。

闰六月

初一日　阴　时晴时雨　七月廿四日　星期四

七时起，倦甚。八时以后改删昨所书寿序，扼要言之，字数仍不少。今日有警报一次，午正龙诗樵来谈一时许去，季明来谓其案尚未结束。删文就绪，阎任之来谈，便留饭去。晚甚凉。

初二日　阴雨　午后四时晴　七月廿五日　星期五

六时起，原欲写昨删改之寿序，命迟生扫地，令予怄气，而万氏不贤，与予争闹。此真谚所谓"蠢妻劣子，无法可制"者也。今晨雨中亦有警报。午后季明来，三时半嘱雨青买米去。写信三件，分致聂湘、刘小庶等，复将昨序再改正，俾明日往省府也。十时寝。

初三日　晴　晚后大雨数次　七月廿六日　星期六

七时起，今日有警报，予九时到包贡九家中，午后就其寓吃饭。到省府与朱泽霖谈各事，五时归。晚饭后以凉爽早寝，多梦。

初四日　晴　午后阵雨一次　七月廿七　星期日

五时起，六时到省府即闻警报，未几解除。欲办公，坐未久警报又作，谓敌机二架由鹤峰上空来，遂急行至防空洞。又未几府中各职逃出，又云有百架续来上空，又转入大洞。自是敌机继续大批过此，外间职员入谓已见百零八架过去。电话中又闻廿七架续来，予等在洞时间约三小时，饥不可忍，解除时已十一时半矣。到家吃饭已十二时半，遂小睡。祐亭、鲁祖珍先后来谈去。今日敌机之多，为抗战以来所仅见，避敌机时间以今日为最久矣。晚寝闻

民国三十年（1941年） 闰六月

今日敌机一百八十架炸成都。

初五日 晴热 七月廿八日 星期一

五时起，匆匆至省府。六时纪念周举行，不及一刻钟警报已来，云有敌机三架。解除后至办公厅略坐，又有警报大批敌机至矣。予匆匆归寓，自是警报频作。昨闻敌机有百八十架炸成都，今日或不少矣。午后一时半刚至秘书处，又闻警报，又匆匆归。计今晨至午后诸事不能办矣。晚写黄仲恂信一件。

初六日 晴热 七月廿九日 星期二

五时起，五时四十分到省府，坐未定闻有情报，未几警报作矣。至大洞中避半时，解散到厅后即检所作文交秘书长，匆匆出。闻又有大批敌机袭渝，到寓后已八时矣。自是敌机频过上空，十时有九架正过予屋上，声轰轰然，颇可畏也。予饭后小睡，闻机过上空者数次，计至下午四时半犹有一架机声过此间施城附近,终日警报未解除也。噫!如此恐惧,何时已耶?今日写子谷、伊仲、伯阳、敬庵、胡林家信、周治斌、萧仲荣、田庆孜、熊汉辅、王一鸥函,计十件。

初七日　晴热　七月卅日　星期三

六时起,今日未往省府,七时闻警报,自是频繁敌机过上空。十时半忽有敌机九架自城中上空急飞东去,投弹一响,事后知西后街某药店门首被炸矣。事后尚有警报一次。陈季明在此吃饭毕,命迟生送书还图书馆,闻谈馆长教厅勒令退职也。谈年逾六十,在教育界廿馀年,办理图书馆京、鄂共十馀年,为简任官二次,今乃退职,殊为浩叹耳。如此世界,那有公理可说?晚寝多梦。

初八日　晴热　午后四时半有阵雨　七月卅一日　星期四

七时枕上闻有警报,未几敌机至上空矣,自后又闻一次。午后三时半至省府取本月薪资，与贡九、再安、沛霖等匆匆谈数语，皆受人所托之事也。又请假二日，书条即归，在途遇大雨一阵。今日得孙寿山信，武昌米价每石百八十元。孟广漳函，渝生活愈高。战事不结束，以后生活之涨尚不可逆料耳。晚寝不安，牙肿痛已二日，甚剧。

初九日　晴　晚七时阵雨片时　八月一日　星期五

七时半起，今日警报二次，午后似未闻也。五时季明来，云渠之冤抑已平反，省府去电责六师，并给三百元为其医药调养费。此朱厅长之力也。晚因风雨已转凉爽，九时即寝。牙痛未愈，转钟以后梦回武昌，在文昌门外遇沈雅樵、曾诚斋、心如昆仲，人山人海，似欲入城内。予徘徊欲向一公所进视，金云内有敌兵二人守门，不易也。旋见三童子入，有轻气球随其脑上约二尺馀为道引者。予谓敌兵仅二人，吾民众近万人，何不攻入耶？路人云惧其枪击耳。醒后方知诚斋早年已物故矣。

初十日　晴　夜十二时雨　八月二日　星期六

七时起，身体极疲倦，八时早饭，今晨仍有警报。写信三封，分致包、龚等人。拟明日到府。今日警报二次。

十一日　阴　雨　晴　八月三日　星期日

五时起，六时到府，途中遇警报，七时半又警报。约祐亭、新民来此吃便饭。予九时即归，季明在此。午后三时祐、新同来寓，谈甚久，傍晚方去。

十二日　阴雨　午后晴　八月四日　星期一

五时起，到府见有情报，敌机九架云云。午后大雨如注，六时予归，途行滑甚。今日开处务会议，予曾出席，归时晚，恰遇大雨，烦恼殊甚。今晨纪念周又点名清人数，不近人情，可慨也已。归后雨未止，衣履俱湿透矣。

十三日　阴雨　晴　晚小雨　八月五日　星期二

五时起到府，闻昨日巴东又被敌机狂炸。午后至邮局兑取曹汉臣汇款，蓝局长通融办法，省予往城内。五时半回寓，吃饭后以天凉早寝。

十四日　阴雨　九时大雨数次　晚小雨　八月六日　星期三

五时起。六时到府，旋大雨。午后二时刘叔模送来望渝孔、贺、王等为鄂南各县请振款五十万电稿，系李辉武起草，转请予改正者。三稿匆匆为之改定，送民厅。予匆匆回寓，途行又遇雨，从前旱甚，今觉雨多矣。九时寝，雨已止，转钟二时许闻大雨声，心烦甚。

十五日　大雨如注　午后三时晴　八月七日　星期四

四时大雨未止，因今日朝会，遂起。洗漱毕，着皮鞋又套草鞋，费半时许之力。四时半动身，山水暴流，雨大路滑，持伞持棍行甚缓，目注地，稍一不慎即倾跌，此数十年来未受之苦也。行一时许乃到省府，衣裤俱湿，急取衣裤袜履易之。六时已到，乃始不做朝会，真缺德矣。凡事不近人情，鲜不为无聊之小人者，只图做官，那顾及僚属耶。今日办公钟点延长至下午七时散值。予六时遂归，饭后疲劳不堪，遂早寝，转钟四时闻大雨如注。

十六日　晨五时大雨如注　八时以后晴　今日立秋　八月八日　星期五

五时半起，雨未止，未能往省府。七时半警报大作，八时敌机一架临空低飞，未几又一架侦察，未几大批过上空，手榴弹、机枪声、地下高射炮及高射机枪声齐作。下

民国三十年（1941年）　闰六月

午一时敌机一架来投弹四五响，似在城。一时半又来投弹三响，似在小渡船一带。三时半未闻机声，但警报亦未解除。予匆匆往省府至山垒口，始知尚未解除警报也。四时至府略坐，清理各事，六时半归。晚饭后有风雨一阵，十时半寝，十二时有警报，转钟二时有紧急警报。

十七日　晨五时雨　六时以后晴　八月九日　星期六

四时闻雷声，似大雨欲至者。予遂起，浣漱毕匆匆出门，途中见天上月圆，西方雷雨沉黑，急行至省府，五时半已到达矣。晤滕昆田、徐剑青略谈，彼等开会，予遂至办公室矣。未几秘书长请予查一案，示以公事，以为在施南，未察内容，不知此案在屯堡也。案属司法，予亦未看清楚，欲待述明，警报大作，遂匆匆回寓，已八时半矣。九时饭毕，自是敌机过上空三次，警报至下午四时半方解除，大约又系炸重庆也。今日与陈畹兰、白如初各通电话，约陈明日便饭。晚室内蚊声如雷。

十八日　晴　时有阵雨　夜小雨二次　有月色　八月十日　星期日

七时闻警报,八时以后有敌机过上空。正午祐亭来,云已病二日矣。午后三时警报频作,候沛霖、畹兰俱未至,遂与祐亭等吃饭毕,四时半警报解除矣。予往下官坡去查案,行过洗爵溪而警报大作,敌机凌空,遂回寓。在一小店中略憩,问一汪姓叟,年七十一岁,云数十年事,不能叹息。如此大劫何日改除耶?晚有警报,予十时寝。转钟一时三刻闻敌机凌空矣,予起视,月明如昼,敌机一架系折回,专侦察施南者。

十九日　晴热　晚小雨一次　八月十一日　星期一

早六时半闻警报,七时敌机来上空矣。九时半祐亭去,予以今日无事,未往省府。上午十时到下午四时半警报七次,五时予至官坡访问吴炳然,无此店,寻得魏周氏问明递呈情形。候雨卿不至，遂归，天已黑矣。至洗爵溪遇之，彼为祐廷检药去，予自携灯归，饭后已九时。十时半为祐廷吃药至迟睡。十二时闻警报，予遂起，敌机掠上空过，转钟二时枕上闻大批敌机声。

二十日 晴热 午后三时阵雨 夜有月色 八月十二日 星期二

五时闻敌声过，甚厉，过此间上空。六时又闻警报，八时予方起。昨日行路多，足已疲，心尤不安也。九时以后警报频作，午后四时半乃已。今日买得米卅斤，此旬中半数之半，以后食米必起恐慌矣。季明留信，谓已乘车赴巴东矣。宜昌前方吃紧，渠为其家小计，不能不先行云云。连日所闻，前方吃紧，敌人攻宜甚急也。予拟今午后到府，以阵雨、警报未解除未去。晚凉甚，室外偶坐，见西方一星低现，光芒四射如电灯，此星廿七年在沙市见过，廿八年在巴东见过，时间约十五六分钟即没，不知何星名也。与祐亭闲话汉口事，九时寝。十二时月色大佳，予虑有敌机过此，未几果机声作矣。川境如渝、万、成都等处，连日不知冤死多少生命矣！

二十一日　晴　夜有月色　八月十三日　星期三

六时即闻警报，今日共有警报六次，敌机投弹北门外及小渡船，闻伤亡二人，馀无大损失。予五时因警报解除，乃送签呈至省府与秘书长及刘秘书，匆匆报告查案情形。六时半归，饭后与祐亭谈片刻寝。转钟时梦当道手提水桶在水中游泳状，水深二尺馀。予坐石上望之，足浸水中，着皮鞋，未袜，手持雨伞，大雨如注。当道与予言甚洽，并介绍年五十馀之赵秘书与予谈笑，当道问及用人，予谓老少均当以其才耳。未几鸡唱，忆梦甚详也。

廿二日　晴　午后阵雨一次　八月十四日　星期四

五时醒，欲往省府，枕上未久闻警报，遂止。七时包太太与其子女来，谓已二次警报矣。十一时敌机过此甚多，旋有十架在城投弹，又在小渡船方向投弹。十二时又来一批，仍似在城北投弹，势甚可怕。下午二时多机返下游过此上空，高射枪炮齐作，敌机又有多架来投弹去。三时方解除警报，四时半予至省府，询知今日城内死伤不少。傍晚归，饭后阅报一小时寝。梦予应试，左边群集诸人，有鲁春庭父子，闻系区长班覆。右边一群，闻系县长班、县府佐治班覆试。予视予同座之人，前有三名，第名则留为予自填名者，每名须出试费四元云云，盖税局长班也。枕上醒后默记，殊为可笑。

廿三日　早阴　午后四时雨约一小时　八月十五日　星期五

六时半闻警报，自是以后时而空袭紧急解除，各处相继打钟。午后又有警报，四时半天雨路滑，予拟去省府取公函未果。廖幼华同姜成英来寓，予细询各事，傍晚方去。晚寝，隔壁徐卓人之妻产一男，扰扰数小时，多梦。

廿四日　晴阴不定　十一时大雨一阵　旋晴　夜大雨三小时　八月十六日　星期六

七时起，闻有警报二次。包世兄来，留早饭去。九时半予与卢雨青同赴鸭子塘地方法院查案，晤及黄文卿，数年未见者，彼在此充刑庭推事，予便询魏周氏案。未几汪院长来，与细谈，彼犹不悉，遂约董推事来详告予以各事，嗣又调全卷一阅，耽延三小时乃毕。文卿坚请予过其寓吃饭，辞以异日。午后四时归，乃知徐卓人之妻血晕已死，产妇之命危如朝露，儿存母亡，可叹也。五时包贡九来，谓逃避其同屋有传染病痢者死三人，欲来予寓食宿，乃竟夜亦不能安寝。十时以后大雨如注，予终夜起数次。今日行路多，足疲甚。

廿五日　晴热甚　八月十七日　星期日

六时起，贡九已去，旋再睡，闻有警报二次。十时半予方饭,下午寝甚恬。二时半再起。陈庆复之妻来寓,留便饭去。补写昨查案签呈,傍晚出门,行半里许乃归。连日心抑郁,感想殊多。

廿六日　晴热　夜小雨一次　八月十八日　星期一

七时起,八时写报告,九时饭毕。今晨未闻警报。午后孙三元等来,云不日赴宣恩,便交周熊函与之,女子流离在外求学,能耐万苦,亦可怜矣。三时到府,知今晨扩大周未到者正午补听训话云云。晚六时归,又携一卷,须查军管区事。晚早寝,然展转不成寐,起床三次,转钟三时犹未熟也。

廿七日　晴热　夜转钟时小雨　八月十九日　星期二

昨睡不适,七时半起,已有警报二次。午后命迟生持函至民、教两厅,并入城会朱伊仲、秦永喜、孙三元等,为渠考学校事也。迟生荒废三年,学无寸进,脾气又坏,殊为可忧,然亦抗战后环境促成之也,奈何。傍晚朱祐廷来,细谈各事,就此宿,迟生亦在城未归。晚凉早寝。

廿八日　早阴　午前九时小雨　午后大雨　五时止　八月二十日　星期三

七时起,昨睡甚恬。今晨有警报二次,迟生在城未归,不悉彼现在避于何所也?八时赴省动委会,请白如初打电话与滕昆田,为迟生住学校事。九时至军管区司令部查石云安案,晤参谋长彭善,并阅卷约半时许。晤韩楚珩便谈各事。天雨路湿,便至七里坪购物归,衣履俱湿矣。午后大雨,天气变凉。晚写信二件,十时方寝。细思迟生就学事,展转不寐。

廿九日　阴　晴　晚大风凉甚　八月廿一日　星期四

七时起,细思迟儿就学事,仍以宣恩为宜。写信四件,分交迟生往宣恩。午正与滕县长通电话一次,嘱生往宣。三时至省府，为汽车事，四时半归，付款、函、行李等等，命卢雨卿送至城内，备明晨与迟生一同搭车也。今日为琐事甚烦闷，晚九时寝。室外虫鸣，室中鼠嚼，闻之愈难寐。

三十日　晴　傍晚西北风凉甚　八月廿二日　星期五

七时半闻警报，八时半予方起，疲甚。闻今晨敌机多。九时半祐亭来，留便饭。十一时雨卿归述各事，知黄纯璋回宣恩县府，与迟生同车行，似较便利也。十一时半敌机凌空向西飞，以后有数批。午后一时半至二时半，大批敌机三次过此上空，约五十馀架。高射炮声齐作，然实未能击中，幸三批均速飞过去，未惹及其投弹也。三时半祐亭回厅，予以疲倦乃写签呈，预定明日往省府。傍晚有风甚凉，连夕闻虫鸣，益增思乡之念。寝后室内鼠嚼声令人烦恼。记明日为七月初一，设非月闰，已至秋八月矣。抗战四年，民生颠顿，予之一家尤受尽万苦。予年老，力疾从公，为老幼争此食米。吁，可慨也矣。晚七时闻今日敌机有一百卅架，分三批袭川，在重庆市区、巫山县、巴东市区均投多弹，死伤不少。计此两日中天晴，无日不有敌机入川。吾国抗战无空军与敌作空战，其失败而不能报复，从前所谓航空某会某款，各省所缴航空捐、救国捐，闻不在少数，闻所购飞机多不能用。盖外国售出者为旧式无用之飞机，航空某某会经手之人只顾回扣多少万，且非内行，致购回飞机多不能用，或等于废物，殊堪痛心。当局并不处罚或严惩经手大员，可为痛哭者矣。连日感触多，每每寝不成寐。

七月

初一日　晴　八月廿三日　星期六

七时起，朱祐亭来取其存款去，并转阅汉口来函，鄂东天旱成灾。午后三时半赴省府，途中知有警报，遂在洞中候半时方出，到办公厅送签呈之件。今日警报多，敌机过此上空者数批，闻系百馀架炸渝也。今日又七月初一，记廿七年此日予自胡林回鄂城祀祖，今流亡在外，祖墓无人祭扫，七月中元不知洪英、茂林等能代为祭祀否也。傍晚自省府归，足力已疲，似有病状。晚饭后胸膈忽作胀，睡后极不安。

初二日　晴　八月廿四日　星期日

五时即起，匆匆漱毕往省府，途中觉寒。六时一刻与秘书长匆匆谈片刻出，旋警报作，予遂归。到寓后似畏寒，胸胀气郁，遂睡至午后一时方起。身疲，口中无味，不思食也。遂嘱雨卿购药去，予食稀饭一碗。三时服药，傍晚稍好。九时寝，惫卧无力，骨酸痛稍好。转钟天欲曙时梦先母正食饭，但有二席，先母状不异平时。醒后知为中元节近，何人代予致祭先母耶？

初三日　早雨　午后阴转晴　八月廿五日　星期一

五时醒，腹馁甚，盖仅食稀饭一碗也。六时闻雨声，予懒疲不能起。七时起后食粥已变味，不能下咽，遂止。正午写邓实、孟广漼、郭季豪三函，又寄祐亭一函，均发出。晚六时外出闲眺，手足忽转冷，加衣后头觉发热。昨虽服药，适病尚未尽退欤？晚喝救济水一瓶，稍好。今日未多食，口中仍无味也。九时寝，展转不寐，起数次，时冷时汗，直至天曙时合眼朦胧，实未睡熟也。梦大冶魏湘屏先生与叶仙桥同在一处谈话，不知所述何事。魏先生近年示梦数次，其人颇正大，予昔年同事，见此等人格者甚少。

民国三十年（1941年） 七月

初四日 早小雨 阴 晚凉 八月廿六日 星期二

七时起，今日尚在假中，整理日记。午后四时祐亭送报纸来阅，英美与倭似在进行妥协中，果尔则中国抗战已成孤立矣。念及家园，不胜感慨。晚九时寝，十二时半醒，自是展转不寐以至天明，时冷时汗，病犹未尽退也。

初五日 早阴 九时以后雨 午后阴 夜大雨 八月廿七日 星期三

七时起，八时早饭，仅食一碗。午后写信与李范一探黄松庵师通信地。三时往省府，得季明、淬成等函，晚六时归。八时以后大雨如注，至子正乃已。自是小雨至天明未止，天气转寒。

初六日 早雨寒 午后大雨数次 至晚仍小雨 八月廿八日 星期四

七时半起,予昨已请假,今晨可不去。八时命雨青至七里坪买菜。昨接叶文鹏来函,云一月以前武汉鼠衔尾渡大江,敌人轮船竟停二小时乃渡,此奇事也。记吾乡父老云某年曾有此事,后汉口大火一月,此或者敌退樊、汉口之兆欤?昨通电话问滕县长,知迟生考新生仅得备取。设非滕与诸人先为说通,恐备取亦难。此子近时不听教训,失学二年,毫不用心看书勤问,每每令余怄气,前途有无长进,在此赴宣一举矣。午后小雨不断,天气转寒。写谭菊畦信,为荐其叔镜秋至石首就事。又写梅壮宇县长函,并介绍伯阳、济贤诸人。晚十时半寝,转钟后梦魇。

民国三十年（1941年）　七月

初七日　早雨　十二时以后晴　晚有月光　八月廿九星期五

七时起，八时闻警报，天正雨，不知何以有敌机也。午后到省府，闻冯少岩述朱再庵、胡雪事，不胜感慨。黄仲恂如在府中，或委员仍存在，朱当不受此辱，人情如此，可畏哉。朱祐亭送来郑科员转交之款，而陈季明原函未交阅，与陈自作函送来者有异。晚六时归，饭后阅《鲒崎①亭集》，全绍衣之文多详论明代事，推崇史、黄诸公，露出种族思想。清代文禁甚密，何以其集能独存，不与胡、戴诸公罹杀身之祸也？今夕为七夕，记数事，心中无限感慨。辛丑七夕予尚童年，作七夕诗为先师高公所重。癸亥七夕在沪，系念先母未去于怀，内子孟夫人远隔汉口，在沪写一诗以见意。癸酉七夕孟夫人病已濒危矣。此均予未敢忘情者也。十一时寝，转钟二时醒，自是难成寐。

---

① 崎，应为"埼"。

初八日　晴　八月卅日　星期六

四时半起,五时到府,行至中途紧急警报作,犹以为防空演习,自是兵队阻止行人。予遂转至一石上小憩,解除警报,行数武真警报作,未几闻敌机声,予遂转入大洞中。由七时半直至下午一时半犹未解除,诸人饿甚。予乃乘间出,回寓已二时半矣。吃饭后小睡。敌机过此上空去。三时以后犹有防空演习,下午六时乃已。今日敌机不少,幸未投弹,自是予亦未往省府。

初九日　晴燥　八月卅一日　星期日

五时起,有警报,六时到府,警报已解除。至办公厅清理信件,匆匆间闻警报,遂回寓。饭后敌机频过此间上空,往袭川也。今日为亡室孟夫人忌日,距今已满八年矣,思之泫然出涕。下午四时饭毕,至省府宿,明晨九月一日为省府纪念日扩大会议,须早起也。宿府后鼠闹人喧，不得安枕。

初十日　晴　九月一日　星期一

四时起，盥漱更衣毕，五时即至府前空坪站立。各厅处职员到者约二千人，久候长官未至，立半时许乃开会。讲说二小时馀，警报作后犹讲一刻钟。警报再作，各人遂避入洞中。约半时许，九时三刻警报又作，十时一刻乃得午餐，即所谓聚餐也。荤菜六盂，惜饭太硬，且已饿久。予仅食饭一碗后小睡，至十二时半忽警报大作，谓有廿七架敌机来此上空。予匆匆回寓，自是茶会亦未去。下午四时仍至府宿。今夕府外坪地唱剧，男女来此观者近千馀。益以士兵、游民，秩序不好，汗臭袭人欲呕。噫，此何所谓而快乐耶？今日为亡儿太学殇日，计自宣统庚戌七月初十至今，儿亡已卅一年，设其生存，已卅六岁矣，思之伤已。九时即寝，亦不安。

十一日　早雨　午后阴转晴　夜雨达旦　九月二日　星期二

五时半起，六时到公，今日秘书长交下请拟祭夏参议员祭文。十时至包宅吃饭，十一时往民政厅会吴、朱、姜、徐等诸人，十二时归寓。晚寝不安。

十二日　雨　午后雨大　数小时乃止　晚雨达旦　九月三日　星期三

七时起，八时饭毕，九时以后代省府全体委员作致祭已故参议员夏正声，文用韵文，约三百馀字，午后一时毕，写真后备明日送去。晚早寝。

十三日　雨　午后四时似转晴　九月四日　星期四

七时半起，身体疲甚，检点诸事。饭后往省府，已下午一时矣。晚宿府中。

十四日　早阴　午后晴热　晚月光如昼　九月五日　星期五

五时起，六时半将祭夏参议文改正后交去。九时半回寓吃饭，小睡一时许。午后二时再往省府。接陈挽澜函、迟生函、龚敏函。三时本府买零布，予买灰色深布一丈三尺，去价十一元馀；绿市布丈七尺，去价廿八元，较去夏又高二倍矣。五时回寓，晚饭后写包袱数对，略具祀祖礼，明日行之。九时寝，转钟后梦先君，又予似乘飞机赴某地者，准备一切。

十五日　早阴　九月六日　星期六

七时起，饭后将包袱写齐，午后二时祀祖，草草不成礼，尽心而已。今日未往省府，静心思之，感想殊多。晚九时寝。

十六日　早大雾　阴　午后五时雨　九月七日　星期日

四时起，盥漱毕仍小睡，昨夕腹鸣泄泻，不知食坏何种菜也。五时匆匆至省府，腹仍泄，早仅饮茶一盂，馁亦不敢食他物。十时回寓，嘱家人办菜毕小睡一时许。扫室内，整理案上各物。二时白如初同胡汉才先来谈甚久，四时贡九、启育、适安、孝惠先后来，泽君来，遂开席。五时半散，六时彼等回去，路中遇雨，大约六时半可抵省府矣。今日劳顿半日。

民国三十年（1941年）　七月

十七日　大雨竟日　九月八日

四时半起，腹仍泄，五时出门，路滑难行，幸未倾跌，到省府已六时矣。午饭因雨大就府中食，午后五时半至包宅吃饭。晚宿府。

十八日　雨　晚大雨达旦　九月九日　星期二

五时起，午饭因雨大不能至包宅，仍就府中食。下午五时雨止回寓，六时以后仍大雨。寝不安。

十九日　雨　九月十日　星期三

六时起，七时到府，因今日起办公时间已改迟一小时矣。写签呈一件，准备查各联中也。午餐因雨大不能往包宅，下午晚餐就食包宅。晚归寝，极不安。

二十日　雨　九月十一日　星期四

五时半起，七时到公，仍无朝会，闻已五星期未举行矣。接通知派予往晒坪查案，借此可晤严立三先生矣。午餐往包宅，就近下午往教育厅开会，初与教厅长接洽。今日得晤曾毅成，十馀年未晤及者。傍晚会毕，就包宅吃饭。七时回省府宿，腹泄未愈。

廿一日　晴　九月十二日　星期五

六时起，腹泄似稍好。七时半秘书长约予与贡九阅各厅处所拟计画文稿加删改。十一时就府中吃饭，午后覆聂湘及迟生函，并约李定馀星期日来寓吃饭。五时回寓，十时寝，梦予候火车至蒲圻，未买票时先至一洋房楼上，迎予者皆蒲邑后进，约廿馀人，天忽阵雨，路湿矣。又见朱怀冰至，略与谈数语，未几似立江干，有铁壳大商轮一泊江边，一茶房询予欲至浔否，票价卅元可到沪矣。又蒲邑诸年少云龚体仁已判刑五年，予谓谁判耶，则云敌伪所指使者。梦境奇特，约二小时乃毕。

廿二日　早阴　午后晴　九月十三日　星期六

五时起，六时到府，今日无多事，写复洪英信一件。午后五时回寓。

廿三日　晴　九月十四日　星期日

五时起，六时到府，八时约同事诸人今日下午吃便饭。午后三时贡九同道生、印澄、慕曾来寓，以后柯涤董、李定馀、祐亭、继李等均到。五时开席，七时方毕，傍晚散去。

廿四日　阴　九月十五　星期一

五时起，六时到府，纪念周予亦到。午后民厅张视察、保安处吴参谋均来谈商往晒坪查案事。晚归，准备出门物件。

廿五日　晴　九月十六　星期二

五时起，六时到公办理出门各事。晚嘱家人明晨洗衣服等等。

廿六日　晴　九月十七日　星期三

五时起，到府后取公文、护照等等，领经费。午后二时主席传见。保安处改派阮处长亲往，胡宗义不去。建厅派贺常，同学贺良辅之子也。三时与张、贺、阮同见主席，分谕各事。四时归，准备各事。原定十八日往，恐赶不及，与阮处长决定十九晨搭车至桃园转宣恩。

廿七日　阴　午后六时雨　九月十八日　星期四

七时起，饭后公役陈南山来。午后一时予往省府取信件，借薪水。三时归，四时吃饭，五时带工役入城宿。途中遇雨，天已昏黑矣。至老天宝略延迟半时，至朱伊仲处未遇。九时宿福昌旅馆，不成寐。

廿八日　阴　时有小雨　晚大雨如注　九月十九　星期五

五时半起。与陈南山迭次探汽车，知阮处长七时方来，予昨不应到城也。七时贺常来，七时半阮、张先后到站，八时车方开。十一时半抵桃园，十二时吃饭，下午一时半乃雇得滑竿及挑伕，四时抵宣恩县治，往大同旅馆。饭后滕县长来谈一时去。晚大雨，幸予等今日已来此，嘱工役约迟生来馆问各事。熊汉辅、黄纯璋俱来略谈去。九时寝。

廿九日　大雨　九月二十日　星期六

七时起，天气剧变。上午十时约张视察同往宣恩初中查看情形，学生火食菜甚少，然尚清洁。教员讲解均得法。校长项东川、教务主任舒菊舫、教员詹咏之均晤见。十二时出校，饭后往看熊汉辅并黄纯璋，各给其家小孩十元。晚迟生与孙祖荣来，分付各语去。

八月

初一日　晴　今日日食　九月廿一日　星期日

七时起，八时迟生来旅社。十时天忽呈暗象，路人纷云日蚀。今年日全食，报纸一月以前即已纪载，谓甘肃兰州能见金环食，但予早已忘之矣。遂取水一盆观之，十一时食既呈种种现象，但不能见金环食之状态耳。前报纸云此次日食形状所谓金环形者，明嘉靖廿一年曾见之。宣恩城内日食既时呈黑暗状态，未几复圆矣。午后三时往各处游览，至县府税务局、民众教育馆询各事，约二小时。晚饭后未出门，与贺常、张文运闲谈。

初二日　晴　九月廿二日　星期一

六时起,与贺、张二君分乘滑竿往宣恩。十时抵狮子关刘姓吃饭,刘与张文运为友,是以予与贺亦同就其家吃饭,不以为歉。该地有武圣宫,便往观之,有乾隆年间一碑,神像亦完好。五时抵长潭河晤郭乡长、秦副乡长,住李姓旅馆中。饭后未出门,早寝,臭虫多,不能成寐。

初三日　晴　今日秋分节　九月廿三日　星期二

七时起,九时早饭,十时约张、贺二君访严立三先生,谈二小时。立三已呈衰老态,为垦殖区事极怄气,对胡协南舞弊情形完全告予等。噫!既知胡不可靠,何必当初重用耶?午后无事,探知阮处长今晚可到,俟其来再同往晒坪。

初四日　晴　九月廿四日　星期三

早起，十时往合作社问各物价。午后写家信，示以到长潭后情形。访阮处长，约定明晨赴晒坪。

初五日　晴燥　九月廿五日　星期四

六时起，乘滑竿往严先生宅，约阮处长同行。午后到山羊溪勘房屋，此即严先生所计画住宅停工者也。段锡庆与胡协南再有争执。阮处长与张文运因另查别事不上晒坪，予与贺、胡等遂先行，抵晒坪已薄暮矣。晤秦秘书治清、即同门秦员清之胞弟。许医生伯遽。予任黄冈时派往阳逻办理禁烟者也。饭后宿办公处，半夜伤风鼻塞，颇难过。

初六日　晴　九月廿六日　星期五

七时起,疾未愈。十时阮处长已到,与谈长潭河事。饭后予等遂迁新办公室,新落成者,房屋宽敞。予与贺、张各分居一房,空气甚好。立三先生督道晒坪垦殖区,何以不居于此?午后无事,闲谈而已。晚寝甚安。

初七日　晴　晚有月色　九月廿七　星期六

六时起,疾似愈。饭后许伯蓬来谈甚久去。午后二时至许、秦处查账调卷,并买药品数事归。

初八日　晴　月色佳　九月廿八　星期日

六时起,出门视地上露水如雨,此间连夕寒甚。正午气候与山下同,三时邮局送来廿四、廿五日《武汉报》,知长沙紧急,以文字推测,似长沙已失矣。晚九时寝,梦吴献之代定有选举票五十张,持之去。又梦予抱定生行路中。

初九日　晴　九月廿九日　星期一

六时起,门外露重如雨,寒甚。午后看账簿,点验屋宇,王、胡两队长请客。晚间饮酒过多,身极不适,与阮、贺、张等决计明日回长潭河。

初十日　晴　九月卅日　星期二

七时起,今日拟下山未成行。下午与阮、贺计画各事。晚十时寝。

十一日　晴　晚月色佳　十月一日　星期三

六时起,七时饭毕。乘滑竿行平路十里,以后则步行下坡，石凸凹不平，至后山麓足已疲软不能弹动矣，左足挫气甚痛。下午二时抵长潭河，仍寓前日旅社中。嘱工役买鸡蛋、板栗等等。饭后闻长潭河前次抢犯已获二凶，明日可请阮处长处决。晚七时与贺、张沽酒饮之，十时起草报告各事。

十二日　雾　晴　十月二日　星期四

六时起，上午访问各处并查账，下午未作事，与贺常商报告办法。

十三日　雾　晴　十月三日　星期五

六时起，八时往立三先生寓中一谈。午后阅报，长沙危急万分。

民国三十年(1941年) 八月

十四日 雾 晴 十月四日 星期六

六时起,九时至合作社查账。午后同鹏程至卫生院察看情形,院长文国柱颇有精神,医院内部均整洁。晚十时寝。

十五日 雾 晴 中秋晚月圆如镜 万里无云 十月五日 星期日

七时起,阮处长、贺常先回施南。予以须往咸、来两邑未能同返,只有留宣度中秋节。午后往胡剑侯家聚饮,鹏程、纯璋同席,有徐叟,辛亥起义有功者也,今亦落拓,闻来此已四年矣。八时席散,予同鹏程并携小儿迟生,步同于珠山贡水间。今夕月明如昼,真所谓"纤云四卷天无河"。回栈已十一时半,卧后作二律未稳,明日当足成之。今日在县政府见木册长官司,永乐四年所铸,赐土王铜印。

十六日　雾　晴　十月六日　星期一

七时半起,九时至县政府打电话,便就滕县长办公室写昨夕未就二律。因昆田未归,就其书案上写改均便也。午后五时鹏程、汉辅共约予到熊寓聚饮,并以昨夕二律示之。同席者胡剑侯、朱北平、段炳琳、孙端白、张书记长等。肴丰酒美,宾主尽欢。八时半滕县长自高罗归,予遂约与谈各事,至夜分方去。予准备明日赴高罗,寝不安。

十七日　晴　十月七日　星期二

六时起,滕昆田、黄纯璋来送行,七时至河干桥头别去。滕、黄此次颇尽礼,世风日下,谁复讲旧礼教者耶。行廿里至甘沟塘打尖,自塘经铁厂坡、荷塘、毛坝塘等小集,至东门关有石碑,惜赶路匆匆,未及详阅,至板寮天已暮矣。该集无宿处,乃赶路至高罗。滑竿今日行一百里。宿区署,饭后早寝。

民国三十年（1941年）　八月

十八日　晴燥　十月八日　星期三

六时起，八时饭毕，九时看新成立中心小学、乡公所，乡长魏民生已接见，十时往建始初中查看情形，教务、训育两主任，校长易衍道俱晤见。该校昨死学生一人，据医生说尚有病伤寒者一人，颇危险。校中火食不良，学生营养不足，亦政府之责也。易校长近知整顿，改良办理甚得法。高罗区署对于清洁甚注，街市整洁，晚有门灯，则区长努力之征也。今日洗澡一次，晚十时寝。

十九日　晴　夜十一时以后大雨　十月九日　星期四

五时半起，今日已雇滑杠往李家河。七时半起行，十时距李家河约五里之地，遇李晓波来接，下滑竿与谈半时，嘱其先行。下午一时达到乡公所，房屋高敞，休息半时，嘱田紫城与同往女子师范，晤校长段奇璋、训育主任朱□□，系黄冈朱幼浦之子。阅其校舍并学生火食等事。

五时半至晓波局中吃饭，傍晚方归。宿乡公所，与段乡长略谈，九时寝。

二十日　阴　小雨　晚九时大雨　十月十日　星期五

六时起，七时饭毕，乘滑竿至来凤。李家河至来凤三十里，十一时即到。刘鲲游系三一中学学生，充来凤科长。卫仲康、灿先、朱明灼、贺局长均晤见畅谈。饭后得滕县长电话，云宜昌已经收复，嘱仲康令各机关放鞭炮致祝。予遂转告仲康，城中正筹备双十节，今夕可助兴趣矣。晚八时提灯会，城内各机关提灯至灵凤山寺门外过，灯大约二千馀，盛会也。九时半寝。

廿一日　大雨终日　十月十一日　星期六

六时起，予原定今晨往初中查学校，便往龙山县一游，轿伕来府，予以路湿不能行，遂作罢。自是大雨终日，未出门，与仲康、粲先及吴科长闲谈而已。罗迪煖来此，又民厅彭仲康亦来此，均晤谈。

廿二日　阴　小雨时作　十月十二日　星期日

七时起，九时刘鲲游、汪景侯陪予同往来凤初中。此地距灵凤山十五里，名黄麻嘴者。校舍极不佳，且年久失修，学生听讲、食宿均不便。下午一时视察毕，与刘、汪及龙智仙校长同往湖南省属龙山县政府参观。龙山距来凤十五里，两省分界县治未有如此之近者也。此县上月曾被炸一次，无甚损失。街道尚整洁，盐价每斤五元以上。来凤只售三元，相距十五里，悬殊如此，无怪走私者之多也。晚六时乘舆归，路途极不易行，九时始达灵凤山。十一时寝。

廿三日　阴　十月十三日　星期一

七时起，天气似欲雨，予亦未起行。饭后至城内各街游览。买杂物毕，至红桂坡访吴毅潸，皤然老矣，头童齿落，谈一时许出。便谒其祖母墓，并指看梁节庵先生所为碑文，约盘桓半时出。回县府饭后与粲先、柳星写对联二副，条子二件，又与闲谈二小时，十一时半方寝。

廿四日　晴　十月十四日　星期二

六时起，七时起行，过毛坪小憩。十时过讨火车，汪柳星已在道旁相候，遂至其家便饭，酒肴甚丰。饭后过红花岭，下午四时过钱门关，七时方抵忠堡，至胡春山客栈宿。胡为鄂城永乡人，与谈半时，问当地情形。饭后以疲劳甚，发伕价，嘱伕子先去，明晨由乡长再雇滑竿为妥。十时寝。

廿五日　晴　十月十五日

六时起，盥漱后即起行，便看该镇中心小学，学生年龄过大，但有避抽壮丁而入学者。舆行甚速，十一时即抵咸丰城。未几徐县长约予至办事处午餐。先有同座张文运、汤之望,均民厅所派委员也。汤述前日宜昌得而复失,死伤军民不少,闻之甚为短气。我军何以不能作战耶?饭后参观建设厅在咸所设化工厂,厂长马君黄陂人。道观制皮、制油墨各部份,惟出品劣而贵,买主恐不多。吾国凡政府所办之合作社、工厂、制甚么厂,均无良好成绩也。晚宿县府,与张、汤及徐县长谈至夜分寝。

廿六日　晴　十月十六日　星期四

七时起,饭后与谭科长、梅先霖等往查联保处、税务局、民教馆。咸丰初中张校长汉川人,日本高等师范毕业生。办法尚好,学生不食苞谷,则前县长段继李之功也。午后与宣恩县府通话,李科长答云宜昌确又失陷,胡协南已逃往鹤峰矣。晚间与来凤通话一次。

廿七日　阴　午后小雨　晚雨　十月十七日

七时起,八时至省立小学训话约一小时。午后叶书记官、李审判官、何副团长辉均晤谈。晚与来凤、宣恩两县府各通话一次,闻来凤有小股匪,已窜至咸丰境,过白水河矣。九时徐县长甫、汤之望闲坐三小时。

廿八日　雨　十月十八　星期六

七时起,因天雨未行又留一日,无处可供参观者。晚与汤、徐等闲谈。

廿九日　大雨　十月十九日

六时起,天似欲雨,予决计回施,呼陈仆起打听汽车,云可开行。遂匆匆至站,徐县长来送,迨询站长,云七时半方开车,乃返府食稀饭一盂再往。车开行廿里,大雨如注。下午一时过小关,雨尤大。饭毕车仍开,至恩施站雨未止。下车亲为雇挑子,陈仆无用,此次一切事均予自己照料,且诸事嘱托均不可靠,颇为懊丧也。五时步行回寓,衣履俱湿,检点各事,询家中事,饭后八时遂寝。

九月

初一日　大雨竟日　十月二十日　星期一

八时半起，倦甚，陈仆已去，予嘱其带各物，并致罗乡长年凤一函。午后写出差账目，晚阅杂书，十时寝。

初二日　阴雨　十月廿一日　星期二

八时起，上午仍清写各账。午后清检带回各物件，写函分谢咸、来、宣三县友人。十时寝。

初三日　晴　十月廿二日　星期三

七时半起，写信与鹏程、剑侯，并办出差日记、表册等等。晚阅杂书至十一时寝。

初四日　晴　十月廿三日　星期四

八时起,十一时半往省府报告宣恩晒坪案查案情形,未晤秘书长,与刘梦曾详言之。访阮处长、朱厅长,各谈半时许。朱心不怿,若有事存其胸中,或者又受外界或陈主席之激刺耶。午后四时半回寓,补写武昌及鄂城函件。十时寝。

初五日　晴　十月廿四日　星期五

八时起,往省府,午后四时半回寓,仍写未结之账。

初六日　阴　十月廿五日　星期六

七时起,往省府,无多事,午后五时回寓。饭后阅杂书，未作事，晏寝。

初七日　晴　十月廿六日　星期日

八时起，倦甚，今日星期，祐亭来谈，留便饭去。晚间未作事。

初八日　阴　十月廿七日　星期一

八时起，今日在寓写报告视察宣恩各机关情形，未至省府。明日重九，未有游目登高处，思之怅然。

初九日　晴　十月廿八日　星期二

七时起，午后清理各事，欲至七里坪赶场，以足疲未去。定生腹泻数次，晚间仍甚扰扰，未能安枕。

初十日　晴　十月廿九日　星期三

七时起,十时吃早饭,十一时至省府清理各事,与段鸿轩、朱伊仲、陈受梅等通电话,省写信手续也。四时归,知定生服药腹泄已愈,甚慰。晚写复罗资生函,谢其绘地图见寄。十时半寝。

十一日　阴　早大雾　午后晴　晚八时小雨　十月卅日　星期四

六时半起,匆匆至省府办理报告,嘱李书记写正本。午饭后至民厅会张文运,今日与滕昆田通电话一次。午后四时半与白如初同回,至汉路分手。到寓后晚饭,忽忆报告中李家河女师范未列入,明晨当补之。十一时寝。

十二日　阴晴不定　午后四时小雨数次　十月卅一日　星期五

六时起，七时到府。上坡时气喘甚，深秋气寒，足软无力，老象也。为此七事累，不得不随班签到，殊可羞也。仍补作报告，四时回寓正值大雨，疾行以归。饭后为蒲月涛写荐信与来凤县长，八时仍作报告。今日为先母诞辰，未能祀也。

十三日　早小雨　午后大雨　十一月一日　星期六

六时起，七时到公，八时办理报告，午后办毕，嘱李书记书之。四时回寓，饭毕写信为蒲月涛向卫仲康谋乡公所指道员也。十时寝。

十四日　晴　晚有月光　十一月二日　星期日

八时半起，倦甚。九时补办出差日记、表册等等。今日未出门，星期日无人来寓。晚饭前饮酒一次，欲补作出水洞诗，未果。十一时寝。

十五日　晴　大雾　十一月三日　星期一

五时半起，六时洗漱毕即出门到省府。七时今日纪念周，贺衷寒讲政治约一时半毕，人云亦云之语而已。九时写报告毕，午后与宣恩通话二次，黄、滕俱谈十分钟。四时归，饭后小憩，十时寝。

十六日　晴　雾　晚八时小雨　十一月四日　星期二

五时起，七时到府，十时报告写毕送秘书长阅。午后补作出水洞莫会诗，四时回寓，饭后清查证明文件，填表。九时作重九出水洞莫会诗已成。十时寝。

十七日　早雨　午后二时晴　十一月五日　星期三

五时起，六时半到府，沿途小雨，路滑难行。上午写诗交阎任之带交陈豫生，再转张笃周。午后四时回寓，饭后写信复聂湘等函。十时寝。

十八日　雾　晴　十一月六日　星期四

五时起，天未明，开户犹见圆月。六时乃出门，七时到府。今日与宣恩通电话三次，得鹏程、迟生函。午饭时晤及鲁圣辅，仍思作县长。甚矣，名心之累人也。午后一时情报，敌机八架当阳十里铺发现上空。迟之久无消息，大约已转汉矣。四时回寓，饭后补写日记。十时寝。

十九日　阴　十一月七日　星期五

八时起，九时饭毕，十时自携夏布帐往龙洞参议会，适之段锡三未在会，与贺葆三谈甚久，就会中吃饭。恩施胡建文县长今日始见面。河南唐县人，即朱怀冰所指为不能办事者。下午二时到省府，略坐即回寓。

二十日　阴　晚六时雨　今日立冬　十一月八日　星期六

八时起，倦甚。十时饭毕，十一时往府，未办事。午后二时与包贡九同往回看陈豫生，谈诗文书画约半时许，并检出予五年前为彼所作便面二页，一画老松，一画山水小品，山水题诗，老松题句。今日见之，似觉句工而切题有意义，当时心畅，故作所得意，现时无此兴趣也。约任之来同予等往出水洞，王献谷、张笃周出名为邓廉溪代乞其父作七旬寿诗并寿屏。同宴者毕斗山，余子祥，饶勉卿，饶校文、杰吾昆仲，周恩九，廖西平，熊连城，胡凤喈，阎任之，包贡九，陈豫①，王献谷，邓廉溪，张笃周夫妇与予及陪客不知姓者二人。酒肴甚丰，惜多鸡子、肉汤等等，予不食也。七时半冒雨归，有人持灯牵送，尚不为苦，袜履湿透矣。九时补写各事，十时寝。

廿一日　早阴　十一时雨　十一月九日　星期日

八时半起，疲倦异常。十时早饭。下午因雨未出门，四时晚饭，饱食终日，无所用心，孔子所恶者也，吾人真滋愧矣。

廿二日　阴　午后晴　晚小雨数次　十一月十日　星期一

八时半起。上午未往省府，午后一时半到公，嘱仆取

---

① 陈豫，据前文疑应为"陈豫生"。

米油等件归。四时回寓,办理提会报告,代秘书长开检讨会议也。十一时寝,梦魇。

廿三日　晴　十一月十一日　星期二

九时起,昨夜睡不安,鼻涕多又咳嗽难过,转钟后梦魇,极难过。室中鼠嚼,愈不能睡熟,致今晨迟起。十时早饭,下午一时至府略清理各事,遂归。晚写信至来凤卫仲康,寄洋十元,请其带墨鱼来施。十一时寝。

廿四日　晴　十一月十二日　星期三

九时半起,今日为纪念日,放假未至府。饭后洗刷旧呢帽、油皮鞋子,费时至两小时,就日晒之。现已立冬,秋阳仍如此之烈也。下午斜阳返射树林中,与枫槲相映,颇悦目。遂出门过小路去,立望吾庐,不异画境,古人谓秋山如画,信然。晚作诗一首,起二句云"秋山诚如画,古人已先言"。晚十一时寝。

廿五日　雾　晴　十一月十三日　星期四

八时起，省府约予去开会，到后知办公厅已迁，予将桌上各事清理毕，警报作，此则两月中未闻者也。未几开会，敌机回头过上空盘旋，乃散会出后门防空洞避之。十时开会，十一时止，就府吃饭。午后一时继续开会，四时毕，五时归。饭后办理提案报告，至十时寝。

廿六日　雾　晴　十一月十四日　星期五

七时起，八时到公。午饭后发冯艺林、卫粲先函，仍办提会报告，代秘书长作总检讨提案也。四时半归，整理各事。十时寝。

廿七日　雾　晴　十一月十五日　星期六

七时起，七时半到。八时开检讨会议，说话多，毫无实际，听者生厌，坐者腰痛。午后一时起，四时半散回寓。饭毕怄闲气，梦闲出语无伦，予实忍之，真女子与小人难养也。十时寝，极不安。

廿八日　雾　晴　十一月十六日　星期日

六时半起。七时到省府，七时半开检讨会。九时有警报，十时又逃警报一次。开会发言者过长，至下午一时半方散会，馁甚。二时至包宅吃饭，三时进城送油布、围巾、鞋子二双付蒋科长带回宣恩去。四时归，过洗爵溪邓廉溪处小憩，遇鲁首席检察官、胡凤喈等，谈片刻出。五时半归寓，吃饭后略坐即寝。明晨又续开检讨会议也。晚十时寝，不安。

廿九日　晴　十一月十七日　星期一

五时起，六时半至府，照例签到及纪念周等事，报告约两小时。十时与贡九同出至其寓，为邓季云写红屏寿诗一幅。午后到府编报告，无头绪，此类事甚多，同者异者真闹不清。四时半归，五时半到寓。饭后梦闲诟谇，予亦①其自然。九时寝，十二时醒，彼仍琐碎指骂不休，此真不可以德化者也。

三十日　晴　十一月十八日　星期二

三时起，怄气不能睡，且咳嗽频作，鼻塞，极难过。不能不起，连日到府早，均予自起烧水，令人想念前八年之孟夫人不置。今之所谓妻则冤孽而已，只知吃喝要钱，未知大义哉。五时半天未明，又复睡去。六时半起，至府

---

①　亦，后疑有脱字。

办事。今日予为值日,晚饭遂在府中食。七时与朱济威谈各事,十时遂宿府中。各员役拉琴唱戏,扰攘嘈杂,不成寐。噫!抗战四年,人民受苦,公务有何乐趣哉?世风日下,廉耻不存,谁为提倡者?无怪人民对于公务员多鄙视之。

十月

初一日　阴　夜十二时雨　十一月十九日　星期三

六时起,上午办未竣之鄂西各县概况表,索然无味,下午未成,不知尚需几日。当局必欲如此列表,有何益处?四时回寓,饭后仍办此表,寄函与孟广漳,为拨鄂城款事。九时半寝。

初二日　雨　寒甚　晚下雪子　十一月二十日　星期四

六时起,天雨转寒。今日上午办表未竣,午饭就府中吃,午后风雨交作,遂就府中宿。

初三日　阴　寒甚　十一月廿一日　星期五

五时半起,上午八时半开筹备会,决定廿五号到城内办公。予所编之表尚未竣事,午后二时续办,手冷未能多写。室内不明,目力吃亏。噫!此等事有可益处耶?下月一号开会,出席人有二百四十馀人,列席人有二百卅馀人。从前北京之参众两院似之,劳力伤财更属无益也。五时回寓,九时寝。

初四日　阴　寒　十一月廿二日　星期六

五时半起,六时半到府。上午办未竣之表,在府午饭,下午仍未写竣。四时半回寓。饭后小睡一时许,起写表,仍未竣。十一时寝。

初五日　阴　晴　十一月廿三　星期日

六时到省府，仍办未竣之稿。十二时到邮局取回包裹，谭则自雾渡河局寄来者也。下午一时回寓，晚间仍办稿。十时寝，梦予已回鄂城，见周知安，与之言谈时即醒。

初六日　晴　十一月廿四日

七时起，到府已八时矣。九时阅报，日美谈判愈接近，似有议和条件。总之，此议如成，中国吃亏是不待言，但吃亏到如何程度耳。九时有警报，敌机一架凌上空矣。午后开会，四时散，四时半回寓。

初七日　阴　十一月廿五日　星期二

七时半到府，仍办昨日未竣之事。午后五时回寓，晚饭后继续写之。十一时寝。

初八日　阴　寒　十一月廿六日　星期三

　　七时起，疲倦甚，足软，至府更疲矣。照例办事，午后王一鸥、梅壮宇等先后来谈。监利县长黄向荣、公安县长方扩军俱系初见面，略与谈叙片刻。四时半回寓，仍写昨日未竣之表。十时寝。

初九日　阴雨　寒　十一月廿七日　星期四

　　七时半到省府，途行甚滑，到后仍办表册，午后仍未竣。晚四时半归寓，十一时寝。

初十日　雨　寒甚　晚十时以后微雪　十一月廿八日　星期五

　　七时起，见高山有积雪，到府后将表册清理一次，鄂北考查表已提要写竣矣。得电话知施南以下县长俱到施。晚四时半回寓,十时寝。

十一日　阴　寒甚　十一月廿九日　星期六

七时半到府,路途甚寒,高山积雪愈存,大约昨晚又下雪矣。到后办鄂西宜、秭、兴、巴等县报告提要,系予去岁所查者。午后写刚竣,萧液垓、卢邦俭来,遂不能再写,与渠等谈半时出回寓。饭后写信件致胡太辅,嘱其将存贵堂家中之衣服、字画,购樟脑丸置其中。

十二日　阴　寒　十一月三十日　星期日

七时起,八时到公,办理表册已竣。十时半至包宅吃饭毕,十一时半与之同入城报到,至干训团晤及本府各同事,知予与贡九、杰吾俱免在团办事,心喜甚,遂出购糖、米数事,并在途遇滕昆田、张天德,取回建始所带香菇、宣恩所带茶叶以归,到寓已五时矣。今日行路多,汗出①沈,足疲身倦,脚趾疼痛异常,十时遂寝。

十三日　晴　寒　晚月色佳　十二月一日　星期一

七时起,八时到公,表册已办竣。下午亦无多事,四时半回寓。饭后未作事,早寝。

十四日　晴　雾　午后阴寒　十二月二日　星期二

七时起,八时到公,雾中途行极寒。今日上、下午无多事,写各处寄来未复函件,拟明日在府食宿。下午四时半回寓,饭后未作事。九时寝,梦予已回鄂城矣,隔壁王久旃家前二重似为敌寇占据,举火焚各物。有一圆球如火珠滚甚速,或曰此日球也。未几闻倭寇欢笑声,久旃自其家后门入予院中。似寇已知予回籍者,予亦匆匆逃出室

---

① 出,后疑脱"如"字。

外,向北门去。

十五日　大雾　晴　午后阴寒　晚有月光　十二月三日　星期三

七时起,八时到府。上午借薪买米,午后寓中送来卧具,今日正式在府起火食。晚七时写函件,至十一时寝,甚安恬。

十六日　晴　十二月四日　星期四

六时半起,上午写复积压信件十馀封。午饭后访易泮香,商请任岱青等事,便访陈寿縻谈半时许入城,欲至干训团,继闻休课矣。遂匆匆购玄参、寸冬中药十味,买糖果数事归,急行,汗湿衬衣矣。晚饭后又补写信数件。十一时寝,甚恬然。

十七日　大雾　晴　十二月五日　星期五

六时起，寒甚。七时吃稀饭，米太劣未多食。上午补写各处函已毕，均发出。午后未出门，接电话任岱青改为明日下午办理。晚十一时寝。

十八日　雾　晴　十二月六日　星期六

六时起，十时回寓吃饭，午后一时仍来府写信，办理昨夕未竣表册。四时往土桥坝四合春酒馆聚宴，同学聂漱六年六十五，任岱青五十四，皆老矣。馀则李范一、易泮香、石砥臣、鄢云斋、陈肖峰与予及张啸青九人，外理化同学熊铁华，共十人，谈卅年以前之事。辛亥革命予等均在武昌，回思往事，不胜慨然。九时回府，仍办未竣表册。十一时寝。

十九日　阴　晚十一雨　十二月七日　星期日

六时起,今日上、下午仍写未竣之表,至晚九时半乃毕,予今日亦未回寓。十一时寝。

二十日　雨　十二月八日　星期一

六时起,今日原拟到干训团开会,以雨遂止。午后一时得湖北日报馆电话,称美、倭实行开仗矣。二时半有各报号外送来府,美、倭正式接触,海军、空军正式作战。阅之快然。

廿一日　阴晴　晚十二时大雨　十二月九日　星期二

六时起,今日无多事。阅报,日美已在海上冲突,英美军舰为日人击沉者数艘。午后三时回寓,饭后无事,洗脚剪脚指甲。九时寝。

廿二日　晴　十二月十日　星期三

七时半起，身疲倦甚。十时在寓吃饭甚饱，饭软茶甘，恬然多食。连日在府中吃饭，饭硬，谷稗又多，咀嚼不易，颇难下咽。正午到府，阅报知中央已向德、义、日三国正式宣战矣。下午一时写《感应篇》起首，陈豫生屡屡以写《感应篇》为请，数月间心乱事繁，未以应也。仅写四页之半幅，颇吃力，科举停后三十五年未写楷书矣。

廿三日　阴寒　十二月十一日　星期四

七时起，上午九时有警报。许久未来敌机，今晨乃发现警报二次。午后一时到城内干训团，知下午无会，访人亦不便，盖渠等开审查会也。与祐亭、泽君、如初略叙即出。至省银行晤朱士堪取电水，并遇贺葆三、吴献之，略谈即归。晚十时寝。

民国三十年（1941年）　十月

二十四日　雾　晴　寒　十二月十二日　星期五

六时半起，今日写《太上感应篇》又成半页，颇吃力，且豫生一定要书廉卿先生体。廉卿楷书多参《吊比干碑》，瘦硬无丰采。予则参以《黑女志》，颇受看也。晚在府中看洪文敏景庐《容斋笔记》三十馀页。

廿五日　阴　寒甚　十二月十三日　星期六

六时起，今日报载倭、英激战。下午回寓，晚阅《容斋随录》卅馀页。十时寝。

廿六日　晴　寒　十二月十四日　星期日

八时起，倦甚。九时半早饭早开，午正至七里坪。今日赶场人多，予以足软，遂带同定儿回寓。三时午饭毕，清理各事，四时半到省府。晚间看《容斋随录》卅馀页。十一时寝。

廿七日　晴　十二月十五日　星期一

七时起，今日上午无事，阅报、闲谈而已。午后又写《感应篇》半页，晚七时阅《容斋随录》约四十页。十一时寝。

廿八日　晴　寒　十二月十六日　星期二

六时半起，上午写《感应篇》半页。午后无事，阅报知英美尚未胜利，香港、非律宾、新加坡俱在危险中。倭寇如此凶横，此则民主国所不及料者也。晚间阅《容斋笔记》卅页。十一时寝。

廿九日　晴　寒　十二月十七日　星期三

六时起,上午写《感应》已成三页整,缺半页,明日可足成之。午后四时半回寓,饭后接省府电话,谓明晨须往大会听讲云云。七时阅《容斋笔记》。十时寝。

十一月

初一日　阴　晨五时雨　十二月十八日　星期四

五时起闻雨声,自起升火浣漱毕,六时出门,经官坡等处,路甚湿,到城时购饼干,至干训团已七时半。询知开会系八时,迨开会系财厅赵厅长主席,各县长、校长发言,无非食粮、财政问题,予或听或不听,心中实未注意及之也。与吴师圣晤,叙及鄂南情形。下午再听讲,与张翮晤,亦数年未见者也。晚至朱伊仲处宿。

初二日　雨　寒甚　十二月十九日　星期五

七时起,八时秘书处报告,午后予未去听讲,晚仍宿朱伊仲处。

初三日　阴寒　十二月二十日　星期六

。县长、党部负责人唱戏以为时髦，奇矣。设在清代，宁不骇怪耶？以下则《萧何追韩信》，唱做俱好；《捉放曹》亦有精彩。《宝莲灯》之青衣为军管区秘书周恩九之妻，唱做娴熟，大约系京津票友。是夕周恩九在座观戏，似恬然自得者，其感想与常人异也。饰状元公者为省立高中教员刘某，唱工佳，做工不活动。九时毕，予仍至伊仲处寝。

初四日　晴　十二月廿一日　星期日

七时半起，八时与伊仲至馆吃烧卖，此则三年来未尝此味也。九时买糖果杂物，十二时回省府吃饭。午后一时回寓，在路上遇朱祐亭，约之到寓吃饭，四时别去。晚间未作事，十时寝。

初五日　雾　晴　十二月廿二日　星期一

八时起,倦甚。九时半吃饭,十一时清理各事毕,十二时半带同蒲仆来府挑米,午后二时命之归。三时半清理文件等等。饭后在寝室补写数天日记。陈志五、王宇澄来闲谈一小时去。十时半寝,鼠闹甚,不能安枕。

初六日　雾　晴　十二月廿三日　星期二

七时起,九时饶新民、王济亚来访,谈甚久去。午后邓崇恩、卢邦俭谈陈季明事。晚滕昆田来谈,便请带棉鞋与迟生,付洋五十元还熊汉辅茶叶钱,并给迟生用费。写舒菊舫、朱敬丞二函,黄建中函。十一时寝。

初七日　阴雨　十二月廿四日　星期三

六时半起,上午整理杂稿。午正往包宅,今日约王择西、萧液垓、卢邦俭、陈英武等五人。陈、王二人未到,万廉、何训诗平昔不熟,在座亦谈片刻。午后二时归,晚间整理诗稿。

初八日　阴雨　午后转晴意　晚仍雨　十二月廿五日　星期四

七时起,上午张毓华、吴师圣、郑万选来谈,予询吴甚详,便托其致语鄂城诸戚。午后写严立三先生函,附诗三首,并阎任之原诗。晚间又抄《小峰杂稿》,恐散佚也。

初九日　阴雨　寒甚　晚下雪子　十二月廿六日　星期五

七时起，上午阅报，敌人向湘北进攻，岳阳似危险。下午为陈兴渭、朱底之写小联各一副。晚下雪子，天气转寒。十时寝。

初十日　阴寒　小雨时作　夜子正大雪　十二月廿七日　星期六

六时起，八时写杂文，九时张毓华、陈英武来问各事。陈任宜城十年，张任南漳二年馀，仍受撤职处分，渠等似沮丧。予则慰借之，上台终有下台时，况兹乱世，军民视县长为无足轻重之吏，有时不如一伕头。政府更不予以保障，真所谓朝廷不甚爱惜之官也。午后寒甚，小雨时作，予以数日未归，三时半遂回寓宿。

十一日　阴寒　大雪　十二月廿八日　星期日

九时起，倦甚，出门见前山与地面有积雪。十二时午餐。午后三时祐亭来谈各事，便留晚餐去。晚寒更重，早寝。

十二日　阴雨　寒　十二月廿九日　星期一

八时半起，九时半到省府，午前与贡九商酌请蒋少瑗事。午后祐亭来谈。晚间以无灯油未作事。

十三日　阴寒　小雨时作　十二月卅日　星期二

六时起，上午写信，分复聂湘、周鹏程、胡剑秋、孟广漳、陈挽澜等。午后得鄂城久旃来函，述本地安静、生活高涨，茂林可拨款三百元，久旃仍在宜，涂小书、漾霞自松滋已回县,闵孝师、王象乾均健在云云。噫,战事何时可解决耶?今日报载长沙似危急,尤可虑也。晚阅《容斋日记》五页,补写诗稿。十时寝。

十四日　晴　晚月明如昼　十二月卅一日　星期三

六时起,上午补写诗稿,整理杂著,以后须计日办理稿件,恐久散失也。明日为卅一年一月元旦,本府通知各厅处明晨七时至施城庆祝并团拜云云。阅报长沙愈吃①,倭寇日张,不知长沙能坚守否。闻上次失守时湘府损失不可以数计也。午后无事,晚仍补写诗稿。十时寝。

十五日　雾　阴　中华民国卅一年一月一日　星期四

五时四十分起,天将明。六时食稀饭一碗,六时半与省府同仁往施城,早寒不可耐。七时半到干训团,各机关

---

① 吃,疑应为"吃紧"。

于八时俱到。奏乐排队排班，行礼演说，约二小时毕。就城内买糖果，欲与祐廷同往食汤元，人多如鲫，未食即归。途遇贡九在小店，食包子二枚。十一时到府，欲开饭，警报大作，敌机一架过秭归入川矣。饭后又有警报，予遂匆匆回寓。今日新历元旦，敌机恶作剧，如此可恶也！今年老历正月朔，敌机亦过此间，亦发警报二次，并记之。晚补写诗稿，忆今日为阳历元月之朔、阴历冬月之望，朔望同日，亦可称巧矣。十时半寝。

十六日　雾　阴　一月二日　星期五

六时五十分起，盥漱后匆匆至省府，已七时五十分矣。省府例会，闻江陵县长已易人。午后无事，与贡九联句，即元旦望日阴阳历不同也。

十七日　阴寒　一月三日　星期六

七时起，今日上午无事，下午三时半回寓，五时晚饭较饱，因连日在府中搭火食不能饱也。九时半寝。

十八日　阴寒　晚六时雨　一月四日　星期日

八时半起，九时半忽闻敌机声，出门视之，已凌空矣。飞甚低，未几三匝，高射炮声、机上放机关枪声、投手榴弹声齐作，约十分钟乃已。午饭后天忽雨，一时予乃动身至包贡九家，置袋于其室中，至凉桥雅春招待鄂东到施代表九人，蒋少瑗、王度、罗县长、雷致中、周继旦、陈畴、龚科长、罗翔霄等，作东道者卅八人，贡九、吕烺芬实司其事。七时席散雨未止，路滑，归来已九时矣。闻长沙敌已溃退，明日当有号外发出也。十时寝。

十九日　阴寒　一月五日　星期一

七时起，八时纪念周。今晨《湖北日报》出号外，云敌人已溃退。截至下午四时，无再传之佳消息。午饭无菜，晚饭火食更坏，予遂至贡九寓再饭。饭后与联句，足成前日《新历元旦逢阴历十五日》之诗题也。八时回府，补写日记，长沙战事无好消息。

二十日　阴　午后晴　一月六日　星期二

六时半起，九时阅报，长沙敌人似未退却，所云歼敌三万人，何以知其为整数耶？昨日号外恐亦不可尽信。午后补写日记，晚十一时寝。

廿一日　晴　一月七日　星期三

六时起，九时半在办公厅闻警报，往后山洞中避之，敌机凌空，十一时半方解除。写信三件，分致吴端伟、汪南畴、吴啸鹤，三人由鄂东代表雷致中、王度等分带去。下午一时回寓，取合作社折子换新证。晚饭后与王宇澄至贡九寓中详谈一切，约二小时回省府。十一时寝。

廿二日　晴　晨霜甚重　田水结冰　一月八日　星期四

六时起，七时往店子坪合作社换股折送包寓，并付洋五十元，请其转交内子，便买各物。十时回府，午正见牌示，谓我飞机出动过宜。一时忽有警报，敌机八架向西飞来。同仁等急逃入洞中，约一小时解除。三时又敌机回头过此上空去。四时接鄂城洪英来函，云拨兑用款有三百元之数；西畈所存狐皮袍，吴文幸及其弟每冬日穿之；罗国贞仍在荆门就事。晚十一时寝。梦予已回武昌，各街道毁后墙壁俱已用劣土见新矣。自某大厦中出，忽遇二敌兵在黑暗中。予又转入某屋中，遇一相识者默无语，似有多人争外出。又见一敌兵立黑暗中，逡巡不得出，正急遽无法，遂醒。

廿三日　阴　雾　一月九日　星期五

六时起。九时王度、周继旦等来府，便托继旦带函往

民国三十年（1941年）　十一月

重庆，嘱孟广潩拨款百元来施。午后四时半与朱再庵、苏子孚饯行，朱调参议会秘书，苏因第四科撤消，四长官部供职也。五时半席散。十一时寝后多梦。

廿四日　阴沉天黑　午后三时小雨　一月十日　星期六

六时起，八时办公室中沉暗无光，不能作事。午后写致罗国贞一函，复孙致屏一屏①，为购腌鱼事。元旦联句诗，今午后四时与包贡九作勉强成矣。晚饭后以天雨路滑不能回寓，在府补写未竣杂文稿。

廿五日　阴　一月十一日　星期日

六时起，午饭后回寓。下午二时饭毕，三时往城内西后街。今日邓廉溪请客，四时半开席，同座者包贡九、周笠渔、饶校文、沈碧舫，其他约廿人。晚七时回省府宿。

---

①　屏，疑应为"函"。

廿六日　阴　一月十二日　星期一

六时起，今晨宜城、南漳等八县县长宣誓就职，朱厅长来。主席八时主行扩大纪念周，约二时许毕。正午戴肇琼请省府同仁吃饭。午后补写杂文稿，阅笔记，晚五时回寓宿。

廿七日　阴　寒甚　一月十三日　星期二

八时起，倦。八时半到府，九时补写杂文。午后阅报，长沙敌似未退尽。新加坡战况际①上关系甚大，倭寇仍气盛，美英着着失败，可虑也。晚寒，仍补写杂文，至十一时寝。

---

① 际，疑应为"国际"。

民国三十年（1941年）　十一月

廿八日　晴　一月十四日　星期三

六时半起，上午无多事。阅报，国际战况，美英仍失败；国内战况，长沙未脱危险，虽日日云胜利，而敌兵尚距长沙六十里，并且增援，前报言退百馀里、数百里者，皆不可信矣。午后二时买米百斤，亲饬伕送回寓。与梦闲说各事，并在寓中吃晚饭二碗。三时五十分到府，晚阅杂书，九时半遂寝。

廿九日　晴　一月十五日　星期四

六时起，九时警报，十时半敌机自万县返，经此间上空盘旋二次乃逸。午后开处务会议，议决浴室已成立售票、合作社开办售布、退储蓄三事，不知近期可能实行否。晚饭后与祐亭至包宅聚谈三小时。贡九为祐亭说诗法，举例甚畅。九时归，十一时寝。

卅日　晴　一月十六日　星期五

六时起，七时到办公室补写出差时各事。午后往朱伊仲行中取物件，松烟确系真墨。抗战五年，施南公然购得此墨，可喜也。欠仲款二十元，容日再还可也。晚十时寝。

腊月

初一日　阴　寒　一月十七日　星期六

六时半起，八时拟办视察表式，与印澄、百熙决定三项。午后写信二件，梅先霖谋调恩施事，已与胡县长言之，大约可成。午后三时与贡九至民厅访蒋少瑗谈片刻，以在座人多，未便深谈。四时半回寓，十时寝。

初二日　阴　寒　一月十八　星期日

九时起，十时盥漱毕，十时半到张百熙家吃午饭，同席十四人，酒少菜多但无馀肴，殊可哂也。下午回省府自订被卧一床，四时半仍回寓宿。

初三日　阴　寒　一月十九日　星期一

六时起，七时到省府，稍休息即做纪念周，约一小时散。省银行分来蓝色粗布四百匹，分售各职员添制衣服。予亦例购二匹，约合六角一尺，此布从前不过每尺四五分耳，此系减价，如平民购此，每尺须一元矣。午后清理各事，晚间与同事闲谈。十时寝，今晨疲甚。

初四日　阴　寒　一月二十日　星期二

六时起，七时闻售苞谷，遂购五十斤，午后家中派人来挑回去。昨夕本府澡堂已开办，予曾洗澡一次。修理小屋闻已用去五千馀元，亦奇闻也。四月筹备至今已八阅月，尤奇。本府办事如此，令人难推其内幕矣。午后接曾心如自黄冈来信，述困状，知其受倭祸甚深，亦可悯也。晚十一时寝。

民国三十年（1941年）　腊月

初五日　阴　午后似晴　一月廿一日　星期三

六时起，七时到公，八时复伯阳、阳春函，均发出。今日阅报，国际消息极恶劣，仰光情势紧急，新加坡危急，菲律宾似已不守，缅甸危殆。就报纸揣度，恐短期内无好结果矣。下午五时至对门张孝惠家略坐。孙亚佛自老河口来此，遂与谈一时许归。今日为予总值日，晚间犹须签名，怪事也。虚伪为近来政界之法宝，又何足怪哉。

初六日　阴　寒　一月廿二　星期四

六时起，七时到公。阅报，国际战况愈不佳，殊可虑也。得渝函，孟广潍款百元旧历年内不能拨到，予须另作一番打算。晚间补写日记。

初七日　阴　时有小雨　寒甚　一月廿三日　星期五

六时起，七时半到公。九时阅报，国际战况转劣，何时结束？以及吾人所期望之胜利何时实现？殊令人感慨也。晚五时朱祐亭来谈甚久去。补廿八年冬出差日记，至十时半寝。梦已回武汉，见某道教内有认识者多人，着奇异衣服，似举行传教仪式状，外间忽有军队追人，强脱人衣服。予着马褂亦被脱去，在急迫中遂醒。

初八日　阴　寒　一月廿四　星期六

六时起，七时半到公，十时有情报，谓有敌机一架由长阳西飞，久未闻发警报，大约因侦察已西上矣。午正阅报，国际战况多空话，不可信。午后四时予回寓，五时饭毕，欲阅书，以寒甚遂止。九时寝。

民国三十年（1941年） 腊月

初九日 阴 寒 一月廿五日 星期日

九时半起，倦甚。十一时早饭毕，补写日记数页，远安视察时未书竣者也。闻段继李云渝信，鄂主席确为张厉生，已发表矣。午后三时来省府，晚间无事，仍补出差未竣日记。十时寝。

初十日 阴 寒 一月廿六日 星期一

六时起，七时到公，八时半朱代杰于纪念周中讲国际情势约二小时。彼之所言皆予所欲言者，特以职分上不能言耳。噫，言之又将何策以挽颓势耶？午后迟生来府，知其于昨晚归矣。问各事，带之同往民政厅合作社买油，不可得。近来各地发油荒，平价愈严而货物愈缺，民生痛苦尚不止此也。晚十一时寝。

十一日　阴　晴　一月廿七日　星期二

六时起,八时往民厅请蒋立庵开方泡药酒,近两月右足气硬,时作抽筋,痛苦殊甚,与谈半时出。午后定生来府,带之往各处游览,小儿活泼甚。张科长给与糖饼干,欢欣而出。晚十一时寝。

十二日　大雾　阴　寒　一月廿八日　星期三

六时起,八时与宣恩金绍浚、黄纯璋通电话一次,并请其转告滕县长。午后闻主席今晚可归,并请客。四时半闻张泽君云鄂省政无变化,谣言俱息矣。傍至包贡九寓,值其出,在张百熙家食豆皮半碗出。补作胡舜生《五十述怀》和诗。十一时寝。

十三日　阴　雾　雨　寒　一月廿九日　星期四

六时起，上午看杂书，并拟所谓视察室计划，拟填表册格。晚补作和舜生诗六首已成，勉强凑合，终不惬意，因其韵脚太窄故也。十一时寝。

十四日　雨　阴　一月卅日　星期五

六时起，八时写和胡舜生诗六章，勉强凑合而已。原诗均不好，予和作实少兴趣，仅尘、挠二均稍佳。胡为同乡，且贡九、祐亭近日均为之和作，虑其不悦而为之，真习俗移人矣。午后阅报，国际战事极不佳，美英无实力，著著让倭进步，后事殊可危也。四时阅杂书，晚阅《中国大事年表》，又阅《江陵县志》人物、艺文等类，至十一时寝。

十五日　阴　寒　一月卅一日　星期六

六时起，九时阅报，英美对于日本著著失败，后患堪虞。午后写函三件，四时半与贡九往民政厅晤舜生、少瑷谈甚久。回寓后饭毕清理各事，十一时寝。

十六日　阴　二月一日　星期日

九时起，倦甚。十时孙军需自秭归来，携有聂湘所赠干鱼六条，又沃古林药水一瓶，甚为心感。留孙君便饭，与谈二时许别去。午后梅先霖来，亦留饭，傍晚与予同来省府，因有零件数事，须先霖待予手提也。十一时寝。

十七日　阴　二月二日　星期一

六时起，八时纪念周。九时阅报，战事并无好转，国内外皆然。午后四时与贡九同至其寓中晚餐毕，与谈诗并约笠渔同话。八时半归，十一时寝。

十八日　阴　二月三日　星期二

六时半起，上午在办公室觉无多事。九时回寓，并取回零件数事。十时半到府，饭后阅报，国际战事并无好转，殊可虑。午后王宇澄回府，便询来凤、宣恩、咸丰情形。托带之小大英纸烟每盒已涨价至五元矣。从前武汉未失时，每盒仅六分，已涨至九十倍矣。据说时价每盒六元，以此推之，其他货物可想矣。晚十一时寝。

十九日　阴　今日立春　二月四日　星期三

六时半起，七时半到公，九时阅报，国际战事英美未见进展，国内亦沉寂。今日立春，天气未见晴朗，就迷信说，前途尚未到光明时欤？十时购盐二斤、皮蛋五枚，付迟生带回寓去。晚间未作事，闲谈而已。

二十日　阴　二月五日　星期四

六时起,八时半阅报,国际战争英美失败,报上虽有鼓吹,不足信也。午后迟生来,晚间未作事。建设厅石柱、周鸣皋同王君来谈,王讲佛经多中肯,予听之约一小时。九时石等别去,十一时寝。

廿一日　晴　雾　二月六日　星期五

六时起,八时至店子坪略游览,九时半归。午后得徐鼎函,遂约梅先霖来此共话,示以各办法。晚未作事,十一时寝。

廿二日　阴　寒　二月七日　星期六

六时起,八时阅报,国际情形愈坏,缅甸、新加坡、仰光情势愈紧迫。午后二时陈志五约坐谈，选择《总理遗教》等书，三时半散。四时予回寓，饭后欲作事，已疲乏，且天寒甚，遂寝。

廿三日　阴　小雨一次　二月八日　星期日

十时起，今日已请假半日。饭后带同定儿往七里坪赶场，货物多，人又拥挤不堪，约半时遂带之回寓。祐亭来，留便饭毕已五时矣，遂与同回省府。八时欲和包贡九五十寿诗，以韵不便移动致未成篇。十一时寝。

廿四日　阴　二月九日　星期一

六时起，八时纪念周。九时阅报，国际战况不佳，倭寇仍胜利。午后严道生、刘慕曾、施建生、吴羽仙四人请予等便餐。座位拥挤，每桌至十五人，菜亦不够，兴趣殊少。晚间闲谈，无非设法借款，近两日各厅处皆然，可见公务员之穷也。十时寝。

廿五日　阴　上午十时飞雪　寒甚　二月十日　星期二

六时起，八时为寓中买米油等事甚忙，梦闲来府，为买油事。午后米亦未购得，殊为烦恼。十一时至贡九寓中吃饭，晚间闲谈。天寒甚，十一时寝。

廿六日　阴　午前十时至下午微雪　寒甚　晚雪大　二月十一日　星期三

六时起，七时寓中来人挑米去。秘书长答复予等借款事，准各员借支半月薪，扣三月份账。十一时曾秘书静海约至其寓便餐。予与贡九等十二人同往，至则知其为嫁甥女，招婿张君，办喜事行结婚礼也。十二时举行，礼节兼讲演约耽延一小时，一时半开席三桌。二时半回府，仍到办公室。晚饭后祐亭来谈片刻去。晚十一时寝。

廿七日　雪　寒甚　结冰　二月十二日　星期四

六时起。八时半阅报，英美失败，星加坡似已失矣。午后四时半周适安、曹修爵等请予等十五人，适安大醉失态。晚十一时寝。

廿八日　阴　寒甚　结冰　二月十三日　星期五

六时起，九时阅报，星加坡已失矣。报又载一特异之点，即蒋委员长往印度是也。内容如何未详载。午后五时余文杰、于莹珍等请予等十二人酒叙。张泽君大醉失态，彼胸有抑郁，多饮，其实酒不能解其愁也。晚寒甚，风砭骨，施南严寒乃在交春后，何耶？十二时寝。

廿九日　晨微雪　晴　寒　夜间无星斗　寒甚　今日旧除夕　二月十四日　星期六

六时起,先有微雪,旋晴,寒气重,结冰。闻施南曩昔无此严寒,且在立春之后,尤可异也。八时清理各事毕,寓中嘱仆来挑杂物件去。九时予回寓,早饭饮酒一杯,饭毕小睡一时许乃醒。午后二时带同定生在门外闲眺,晚饭后清理室中各事,洒扫毕欲写包贡九诗未果。九时再饮酒一杯,感念生世,又届除夕,流寓在施,又过一年矣。抗战胜利果在何时耶?内子及儿辈已先睡,予则欲睡不着,写日记至十二时半。转钟一时半乃寝,展转不寐。

民国三十一年

(1942年)

壬午正月朔午后峙三试笔

文章经国；诗礼传家。

壬午正月朔午后发笔

祝前途诸事如意。

峙山朱继昌

保天下者，匹夫虽贱，与有责焉。右顾炎午①语。

---

① 顾炎午，即顾炎武。

正月

初一日　阴　寒甚　结冰　国历二月十五日　星期日

四时醒，枕上闻邻近炮竹声，五时睡熟，梦见鸡犬豕羊等物。盖去腊与包贡九谈及旧正月初一以后为鸡犬豕羊牛马等代日也，脑海中未能忘之。七时家人俱未醒，予遂自起升火。天寒甚，开门见对山顶有积雪，西方空际有晴云。八时半家人悉起，九时半进早点，寓中窄狭，未能立祖宗临时牌位以表祭典，殊自愧耳。十时一刻闻警报作，十时半敌机一架凌空盘旋二次乃逸。去年元旦敌机亦来施，为时更早，抗战何时胜利，免此敌机威胁耶。十一时早饭毕，贡九来贺年，谈各事。嘱内子具酒肴，朱祐亭、梅先霖先后来，遂留共饮，并谈作诗法，约二小时乃去。今日为阴历朔日、阳历二月望日，去年冬月十五日为国历一月一日，阴阳朔望，殊为巧合。阅报，战事不佳，星加坡已到失陷之会。倭奴势张，英美兵力崩溃恐旦夕间事也。赵哲仰来请为谢纯丞作函昭雪，许之乃去。晚十时寝。

初二日　阴　寒甚　霜　结冰　二月十六日　星期一

六时半起，七时到省府，知今日有扩大纪念周，稍息后到，前坪各厅处到者数百人，主席讲话约一时半，旋又召集各科秘视察坐谈约一小时。午饭系在贡九寓中，食毕再来府签到。午后二时与贡九同往陈豫生寓，刚出门见有情报球高悬矣，恐有空袭，予遂回寓。傍晚写信二封，命迟生送府，约滕、徐两县长明日来寓午餐。晚九时半寝。

初三日　晴　寒　二月十七日　星期二

七时半起，倦甚。九时半清理寓中各事毕，十一时命迟生至民厅请蒋立庵来寓。午后一时滕、徐、蒋、王俱来，略谈即开席，二时别去。三时予到府，五时聚餐府中，科秘三桌饮酒多。晚间极不适，寝亦不安枕。

初四日　阴　寒　二月十八日　星期三

六时起，七时半到公。九时阅报，英国惨败，星加坡英人为倭俘虏者六万人，总督夫妇投降，为倭人拘押。英兵脆弱如此，军械虽利，终不及倭寇之魄力，可耻哉。午后二时半本府处务会议全到者卅九人，并由处备晚餐，无酒，菜尚丰，食亦饱，六时半乃散。晚无所事，十一时寝。今日为先祖母晏孺人忌日，以未在寓未能焚楮表示礼节，尤为怅然。

初五日　阴　寒　今日雨水节　二月十九日　星期四

七时起，八时朝会，本府成立合作社，当场报告选举理监事十二人。昨接洪英、朱茂林共函，云已拨洋二百元与孟广潬之妻矣。予昨用快函将愚溪原条寄重庆，嘱其即汇款来施，以备急用。晚闲，出门亦无多事，至包宅略谈，遇童股长，遂约贡九至詹宅消夜，归已十时矣。

初六日　阴　二月二十日　星期五

七时起，八时半回寓一次。午后无多事，晚又至贡九寓中闲谈，九时归。十时补写日记，十一时寝。

初七日　阴　二月廿一日　星期六

七时起，九时回寓一次。午后予与贡九等十一人同请本府同事，贡九大醉而归。晚九时阅杂书，心极不适，连日接鄂城洪英、胡林太辅来函，述及本籍物价奇涨，予所存朱汤庄字画已有损失甚多。又西畈吴老表家所存皮衣似不能保存，表姪去腊赌博已输三千馀元云云。予离本县已逾三年，昔年皮衣物件，乡城共称富有，数年不归，无怪乡人觑觎也。十一时寝。

民国三十一年（1942年）　正月

初八日　晴　二月廿二日　星期日

六时半起，今晨因寓中送来有菜，遂吃稀饭一碗。今日予为总值日，不能回寓。迟生往宣恩上课，午后迟生来，余与分付各事并交各函带往。晚间迟生又来，云行李因送电报兵未至，恐天过晚，遂嘱韩青莲送之入城，仍嘱各语去。十一时寝。

初九日　阴　小雨　午后四时晴　晚月色昏黄　二月廿三日　星期一

六时起，今日予总值日。九时半府中准备长凳，谓扩大纪念周以后尚有坐谈会云云。十时举行，各厅处科秘俱到。十一时坐谈会，予未参加。午后梅先霖来电话，谓迟生今晨六时到宣恩，已雇有挑伕一力送之往，大约下午三时即可到矣。晚饭后回寓，九时仍夜饭，十时寝。

初十日　阴　二月廿四日　星期二

十一时起,十二时倦甚足软。饭后清理各事,仍来府中,午后四时与贡九同访蒋少瑗谈各事。今日张啸青来托回鄂东事,须与面商也,谈一小时出,至贡九寓吃豆丝甚多,且当晚餐也。八时归,十一时寝。

十一日　阴　晴　二月廿五日　星期三

六时起,七时半到公。十时阅报,倭寇胜利,鱼雷艇已至美海岸发巨炮廿五响,奇矣!美国之大播大吹,以后恐不足以号召各国矣。天下事俱当作如是观。午后阅杂书、买米,忙过不了。近数月来,每为七事所累,殊为烦恼。晚饭后补写宜昌未竣日记,取迟儿所记事以触动记忆力,回思在姚家冲避吾国溃兵情况,令人心悸且痛恨也。噫!此种军队,能抗敌耶?九时补写毕,十一时寝。

十二日　晴　二月廿六日　星期四

六时起，八时阅杂书，十时买得米及苞谷，命人分二次送回寓。午后得伯阳自曹家场来函，述谋事及其家损失情形。昨取回邮局汇款，纯丞所寄来者。晚饭后洗澡毕，贡九来电话，相约蒋少瑗、胡舜生在其寓小饮，酒肴均佳，予因已饭，略食饭半碗。八时返府，十一时寝。

十三日　晴　二月廿七日　星期五

六时起，八时阅报，星加坡早失矣，爪蛙危险，恐亦难守，倭寇势张，英美纸老虎已破矣。敌舰又到美领海示威，印度洋亦危险，仰光失已多日。吾国物质所靠者英美接济，吾恐其亦自顾不暇矣，前途可虑也。晚未作事，与同室诸人闲谈而已。十一时寝。

十四日　晴　二月廿八日　星期六

六时起，八时清理各事，拟明日请假三天，回寓补写所提出言论集各条，陈志五所托者也。今晚截止火食，府中火食愈不佳故也。午后志五来请开会，仍催编书事，非予所喜也。晚饭后嘱韩仆挑行李杂件回寓，晚未作事，九时半寝。

十五日　晴　晚小雨一次　三月一日　星期日

十时起，倦甚，闻警报一次。午后朱祐亭、新民、梅先霖来谈各事，留晚饭去。张百熙、周适安来，谈未久即去。今日元宵，无月色，今日本为月食，但未见其形状。晚阅杂书，十一时寝。正月元宵又值阳历三月一日，朔望同期矣。

民国三十一年（1942年） 正月

十六日　阴　晚小雨一次　三月二日　星期一

九时起，十一时饭毕，清理室中诸事，愈清愈多。头晕未愈，思外出，十二时遂至施南城会朱伊仲谈半时，途遇胡剑侯自宣恩来，为其子续弦订婚也。遇孙亚佛、龙诗樵，各谈数语，至沈伯珍店中略坐，彼不干公务员，专理商业，诚为识时务者。五时返土桥坝与贡九谈片刻，归寓晚餐，又整理室中诸事。十时饮酒一杯。十一时寝，多梦，似见姊丈艾承伦，其卒时状态，又见先姊。

十七日　阴　小雨　傍晚小雨　三月三日　星期二

九时起，十时饭毕。今日头晕未作事，精神不继，衰老之象也。晚饭后见暮霭笼罩，前四十里之山如云雾中，仅露山影，亦属美观，带同定儿至麦畦畔望之，至昏黑乃归。欲作诗记之，仅成二句：暮霭如云罩远山，投林鸦鸟倦知还。明日当足成之。十时半倦极，遂寝。梦刘伯英托人向予借洋五十元,予未①彼前欠未偿,何可再借,来人谓或者前生君欠彼账亦未可知。又梦黄翰香来借五十元,坐予县长前宅,予未之见也。似先父母坐后宅中,亦谈及此事,分别借刘以五十元,黄仅给五元以去。醒时枕上忆之,翰香已死廿一年,伯英去年三月方卒。伯英生前借我款,前后约四百元;黄则仅小借贷而已,何以见梦耶?

十八日　早小雨　阴　三月四日　星期三

八时半起,十时早饭毕,到省府,知视察室已迁至予寝室办公,似较自由。得黔江郭季豪信,知渊伯去腊已卒,其老四亦死,是身体强者亦不保,可见人生危如朝露。况兹抗战数年,在鄂西冤屈以死,如近两月间,枝江、松滋、宜昌、长阳等县因无食饿毙者,现已逾三四百人,生兹乱世,将归罪于谁耶?陈舜阁自宜都带腌鲤鱼二尾来,约共五斤馀,其价值当在廿元以上,较之未抗战前涨十倍矣。午后五时半回寓吃饭,晚看《容斋笔记》。十

---

① 未,疑应为"谓"。

一时寝。

十九日　阴　有晴意　三月五日　星期四

六时半起，倦甚。七时半到府，足软甚。九时阅报，英美军无甚办法，倭军进展愈。十时渝周金珊来号函兑汇款二百元拨其家中。远安周治斌亦汇五十元来，彼竟有存款，奇矣！午后取到，晚五时回寓时遇梦闲、定儿，遂同行。六时半晚饭后阅《容斋笔记》，多发前人所未发，惜此书予于抗战前未曾见也。十一时寝。

二十日　阴　今日惊蛰节　三月六日　星期五

六时起，七时半到府。今日写信分复纯丞、周金珊、洪英、胡太辅、贵堂、茂林等，皆为金珊拨款事也。晚五时归，买红、白糖并食盐共九斤，命韩青莲随予归，途遇梦闲至城归，遂同行到家。吃饭毕，晚写伯阳、华照等函，至十一时寝。

廿一日　阴　晚十二时小雨兼雪子　三月七日　星期六

六时起，七时半到府。九时阅报，国际战事，英美仍属空吹而已。十时贡九约过其寓午餐，同席傅汝楳、胡凤喈、陈豫生、周笠渔、李受多等六人，论诗、谈清代掌故，约二小时乃散。下午二时与贡九同归，予便往民政厅访蒋立庵、胡舜生、蒋少瑗等，又谈一小时出。回府后匆匆检各事，回寓写信、阅杂文件。十二时寝。天雨，又似下雪子。

廿二日　阴　三月八日　星期日

十时起，倦甚。十一时早饭毕，检案上书籍等件毕，写信三件。午后吴羽仙、曹修爵、周适安来，坐谈一时许去。四时朱祐亭、张百熙夫妇先后来，留便饭，五时毕与同出，朱、张各回，予往省府已六时半矣。晚阅报，战事国际无进展，倭仍强盛。十一时寝。

民国三十一年（1942年）　正月

廿三日　晴　三月九日　星期一

六时起，八时纪念周，主官说了许多纪念周一套老话，又检出一份油印所谓《湖北的新气象》，读了半点多钟，无非尊重主席之语，又谓如何新建设三民主义救国等等，主官又时补充发扬几句，约一时半方散。午后阅报，国际情形极不佳。十一时与宇澄、印澄、百熙至土桥坝吃饭毕，至施城考查物价，至县政府晤胡县长、警察雷局长、民享社等处。晚六时回寓，足疲，又未食饱，九时再食，十一时方寝。

廿四日　晴　三月十日　星期二

八时起，八时半王宇澄来，九时半饭毕，与同至七里坪访苏乡长，当阳人。警务队之雷某，黄冈人。未在所中，由见习黄□毅随县人。代答一切。又至乡间访张小苑，值其未归。又在袁业惠寓中略坐谈片刻。访熊洗铭，知其出差，已到资邱矣。遇汪□□，麻城人。与洗铭同学者。午后三时回寓，五时饭毕，仍来省府宿。

廿五日　晴燥　时转阴　小雨一次　三月十一日　星期三

六时起，本府办公钟点已改，早晚改至五时半下班，殊不合理，应自阴二月半改起方好，此际白昼仅多一小时耳。上午约胡舜生、蒋少瑷吃饭，值其忙且有人先请渠等矣。下午四时予至厅，遂再面约。予回寓嘱家人办菜。四时半舜生同祐廷来寓，少瑷已有他约未至。六时毕，与舜生、祐廷同出，予仍回省府宿。

廿六日　早雨　午后阴　三月十二日　星期四

五时半起，天沉黑似欲雨状。今日为扩大纪念植树节，检阅各军政、学校、团体、民众、党员等，予商之领队李科长，谓可不去。七时天大雨，知今晨到会诸人必上下湿透矣。予未到会，遂在室中速写调查最近物价报告表并说明书，就府中吃饭。闻到会诸人吃亏不小。午后三时约贡九、东川、文伯、陈庆复到寓便饭，贡九、东川均因事未到，寓中备菜甚多，且以予久置陈酒款之，尽欢而已。六时文伯等散去。予欲补写各信，以倦而止。十一时寝。

廿七日 雨 晚雨达旦 三月十三日 星期五

六时起，洗面毕，七时到省府。天现红日光，但恐有雨，途中见麦苗甚秀，口占一绝，另记于诗稿中。嘱韩仆持函至城内约张啸青、鲁祖珍到寓午餐，投函建设厅约石砥丞、陈肖峰，电话财政厅约易泮香、鄢云斋。十时半陈、张、易、鄢、石五同学均来府，予便约包贡九同行，天雨路滑，行走不易，十一时半到寓，十二时开席，亦以好酒款之。易、陈五同学同在土桥坝，久拟约至寓中一叙者也。午后二时半方散去。晚饭后偶记诗稿书之。天雨未止，十一时寝。

廿八日　雨　午后止　晚七时雨　三月十四日　星期六

九时起，十时饭毕，与梦闲同出至省府，知今日上午曾开会，报无非前日所说整理内务清洁等等，因居院长觉生来施考查政况故也。省府附近各路前星期加土修治，今晨大雨，泥浮旧路上数寸，极难行走，此真弄巧反拙矣。晚餐至包贡九寓中，与谈各事甚久。九时归，十一时寝。

廿九日　阴　午后晴　三月十五日　星期日

六时起，七时府中检查内务，室中洒扫一次，二科扬言居院长觉生要来考查鄂政，住省政府，故有此番刷新也。吁，可笑哉！十时整理完毕，十一时回寓吃饭。午后小睡，牙龈浮肿，极痛，起后痛甚，近一旬来脑筋痛甚，牙齿浮火，眼疾已稍好，总之老象也。晚嘱家人炸油面菓子，十时饮酒一杯。十一时寝，转钟二时梦予着孝服、白鞋，似鄂城四眼井旧宅，右边旧花眼墙已改造为窄形，月色昏黄中大哭先君并喊哭不已，醒时泪流枕上矣。四时偶与内人言之，离家三载，先人坟墓不知如何情形，清明节近，不知谁代予家作主祭扫，伤心哉！古人不轻去其乡，予实为不孝之人矣。

三十日 阴 十一时以后大雨 三月十六日 星期一

六时起，七时到府，七时半纪念周，主官所讲无非迭次所谈一套旧话。九时检查各室内清洁。十时为龙诗樵事往沙湾回口信，便回寓。午餐毕，天忽雨，午后小睡二时许，持伞着屐再到省府，便托曹台长代发电与孟广漳，催拨款来施应用。五时半为张泽君饯行，同席十一人，七时半毕。

二月

初一日 阴 午后晴 三月十七日 星期二

六时起，予连日脑筋痛，牙龈肿痛，食物不能嚼烂，颇以为苦。午后阅报，无甚消息，报馆执笔人连日亦无新消息可造出也。四时回寓吃饭，沿途桃李正开，予寓宅四周桃李尤多，溷厕之旁，桃花如笑，可见物之多者非贵也，天下事亦可作如是观矣。晚食墨鱼汤一碗，齿痛亦可借此诊之。十二时方寝，梦予与勤务乘民船，因舵工不慎，致与一大海舶相擦，后舱似铁箱而圆式，众客喧呼。水自圆铁窗中涌入，船覆矣。予因水激胸际，气促不能吐，自念死矣，正急遽间遂醒。

民国三十一年(1942年)　二月

初二日　晴热　三月十八　星期三

六时起，六时半起行到府，七时天晴，途中颇热。九时半有情报，敌机十二架自湘鄂边境西飞，予遂回家午餐。下午一时来府，五时张泽君同张启明请客，秘书处秘科俱往。包贡九云其爱子德□殁已六年，今日为其纪念忌日，痛心之至，为文祭之，先以示予，亦伤感，因检廿七年冬月哭根儿诗付之阅。乌乎！此皆前生夙债也，决非善缘为父子者。先君子得予甚迟，垂老受予赡养，处顺境者三年，临终予与先姊送老，此则前世结善缘为父子者耶。晚七时回府宿。

初三日　早雨　午后阴　晚雨　三月十九日　星期四

六时起，今日头晕，脑筋仍痛。九时阅报，国际战事所载多不可靠。十时至店子坪午餐，午后四时半回寓，晚间头晕甚，十一时寝。

初四日　早雨　午后阴　晚雨　三月二十日　星期五

九时起,十时饭毕,十一时到府,无多事。午后四时同贡九至其寓吃饭,晚归。九时补作李母罗安人生传诗,又作寓斋前后桃李盛开诗共四首,至十二时方寝。

初五日　终日雨　今日春分　三月廿一日　星期六

六时起,天气变寒,八时大雨频作。今日补写杂稿。十一时闻舜生、少瑗回鄂东,遂约贡九往民厅送之,遇诸门首,谈数语别去,遂至贡九寓中吃饭。饭后回省府,周鸣皋来谈半时去。午后一时开会,议减各县政费,至五时半乃散。晚间头晕脑筋痛,早寝。

初六日 阴雨 下午晴 三月廿二日 星期日

六时起,八时无多事。午后回寓,下午写信三件,阅杂书。晚早寝。连日头晕痛甚,服凉药,王科员所开方也。予已请假,明晨不去。

初七日 晴 三月廿三日 星期一

九时起,昨服药稍好,服白木耳一碗。十时往周笠渔寓中,因渠昨约午餐也。同席仅刘科长系粮政局人,馀均为秘书处同事。下午一时毕,到省府接伯阳、洪英等函三件。晚仍回寓。

初八日 晴燥甚 三月廿四日 星期二

六时起,七时到府。九时半有警报,予遂匆匆回寓,中途闻敌机过上空矣。行路及半，见梦闲与定儿在溪边浣衣，遂同回寓，饭后小睡一时许，仍来府写复各处函，致聂湘函并附李母生传题词，退去予作二诗，不甚惬意。今晨途中又得一诗云："桃红李白菜花黄，地暖春温具此乡。欲写成图幽趣少，沿溪不见柳成行。"施南，万山中之盆地，产杂木，杨柳甚少，故及之。午后四时张啸青请客，中央振济会周秘书为主体，朱文圕、崔吉六为辅，予与民厅粮局杨秘书、谭秘书等皆陪客也。该馆虽减价，计此席连酒恐八十元不能办矣。六时半席散，本府前坪演有声电影，偶尔一观，殊无可取，观众男女约五六千人，可见此地娱乐时少，真物以稀为贵也。十时寝，转钟后梦至某处应试，得成文二篇，颇得意，醒时尚记大略。

初九日　早大雷雨　大风　午后阵雨时来　晚五时晴
三月廿五日　星期三

　　六时起，大风，天气变寒。忆昨夕月色昏黄，蛙声阁阁，田野间暮霭笼罩，恰似民元壬子二月初八九予在黄安县署与傅端屏微行出署之时。久蛰署中，兼理司法，不敢外出，暮霭昏月中，途次与端屏赞称，谓此天气为黄安好晚景也，屈指记之，卅年一瞬矣。十时写信三件，午饭在汪文伯家中，梦闲送衣服来。晚饭到店子坪吃未饱，便带食物归。九时补写诗话。十一时寝。

初十日　晴燥　三月廿六日　星期四

六时起，十时回寓吃午餐。午后一时来府，因予今日总值日也。至邮局未取得款，晚饭后欲补写各事，以室中人多，闲坐久，未能执笔。十二时寝。

十一日　上午雨　午后阴　夜雨　三月廿七日　星期五

六时起，闻主席昨已赴黔江豫接居觉生院长来施宣慰。十时填写总值日各报告表簿，殊觉无聊，其实与府中考勤无关系也。三科无事可做，欲献小聪明于主官，殊可鄙也。午后秘书长请予及百熙、印澄去，谓须日内出差宣、来二县，注重查民食物价，顺便查学校云云。四时回寓，十时半寝，转钟四时一刻大雷雨，遂惊醒，约一小时乃睡熟。

十二日　大雨　三月廿八日　星期六

今晨四时半暴雨，雷震屋瓦，约一时许，各房雨漏声，电光闪闪骇人。五时以后予仍睡熟矣。九时半起，倦甚足软。十时半饭毕，见寓宅四周夭桃四十馀株为风摇雨打殆尽。古人以桃花喻薄命女子，颜色虽娇艳，为时太短，殆谓此耶。九时以后大雨，泥深路滑难行。予已请假，今日决计不去。且闻居院长今午到施秘书处，要全体职员与各厅处职员到公路两旁站班迎接。噫！此民国体制欤？亡清恶习，今又见之。予不知提倡接官者将作何种解释也。午后五时到府清理各事，备明晨搬行李等件回寓洗晒，以便出差。十一时寝。

十三日　阴　晚小雨　三月廿九日　星期日

六时起，七时闻本府职员已集合往施城听训者，八时居院长尚未去也。十时予清理室中诸事已完毕，嘱韩仆挑行李等件回寓。饭后复重新清理一次。晚十一时寝。

十四日　阴　旋晴　晚又小雨　三月卅日　星期一

八时半起，九时饭毕，十时为朱泽霖、龚沛霖补画件并题款毕。午后一时送省府，便取护照等事。周印澄、王宇澄俱不在府，致领款事未接洽也。得孙稚屏快函，知腌鱼已付邮寄施矣。以后信件包裹等件，当托朱济威代收。四时回寓，晚间清理各事，十一时半寝。

十五日　晴燥　晚月色佳　三月卅一日　星期二

九时起，十时补作画件，为朱济威、龚沛霖写款已成。一交朱收，一托王视察带巴东交龚也。取款未足，下午三时回寓，饭后清理各事。头晕甚，欲写各件，神倦而止。十二时半寝后展转不寐，并梦杨厚安似平时，但予实忘其早卒矣。鸡鸣后又不安枕。

十六日　晴燥　四月一日　星期三

七时半起,十时饭毕,携定儿到省府取得旅费,便访蒋立庵、彭仲康,问来凤县事。今日接卢雨卿函,知咸丰民变果有杀乡长并县府职员事,此殆官逼民变者也。午后携定儿归,已四时半矣。梅先霖来,便嘱各事去。晚九时清理各事,头晕痛未能多清理,俟明日再办。十一时寝。

十七日　晴燥　晚月色佳　四月二日　星期四

七时起,倦甚。八时刘兆喜之继母来,为壮丁事,旋其嫂又来云其兄已被拉,扰扰一小时乃毕。午后又来,予遂约雷股主任来一说究竟。办兵役之不公乃至于此。四时嘱兆喜至梅先霖处取丸药、丝棉等。晚刘妪来,知其长子已释矣。晚十时寝。

十八日　晴燥　午后四时天阴欲雨　四月三日　星期五

六时起,早点后久候轿夫不来。八时始起行,至城后轿夫争值,扰扰至十时方行,沿途行极缓,颇可厌。午后二时方到百果树,五时半天阴欲雨,赶椒园似不能达到。六时天已昏黑,乃至岩上坪新设之乡中心学校借宿,校长刘大森,教员张历藩、胡世藩、马新斋、谢子节等均晤见,问近事,始知此校属宣恩管辖。付洋十五元嘱代办伕子火食,该地米价现已售至每斤贰元六角矣。晚宿于此,极不安。

十九日　阴　六时以后大雨达旦　四月四日　星期六

六时起,盥漱毕即起行。七时半到椒园,至汽车站打电话与滕县长,请其饬警雇定栈房,十时抵县,住大同旅馆。饭后头晕痛甚,小睡二时许,午后三时至县府,闻沙道沟附近卅馀里有徐伯皆匪首率领一千馀人,有向沙道沟进取之势,颇紧张云。四时率迟生至郊外一游。晚间大雨，竟至天明，睡甚恬。

二十日　晴　今日清明节　四月五日　星期日

六时起，七时至县府探问昨夕匪情，据说人数又增加，且枪支多，颇吃紧。十一时早饭后为滕县长写小长联一副，久未作书，书成实不惬意。县府有邓科长名壁者，汉口人，能书画，能镌石章，颇佳，天姿、笔姿俱好，倘得名家指示，此人亦成名家矣。十二时带同迟儿游龙洞，校长项东川、滕县长夫妇、邓科长父子俱同往，约距城八里路，尚泥泞，颇难行。此洞较施南龙洞小，雨后水声粗吼，颇觉奇景。游毕至李言三寓，李为内政部视察，其妻左文襄曾孙女也。检出文襄当时致其妻函卅馀通，中多述天国洪、杨时事，足资史料。又曾惠敏、纪泽一函，述中俄争界及订条约事甚详，亦清代史料也。就其寓晚餐，饭菜均丰。五时起行，七时到城，与昆田等至胡剑侯寓中谈二小时回寓。汉辅、黄纯璋来谈，旋剑侯送《清明感怀》诗来阅，又与谈二小时，去时已十一时矣。予疲甚，写日记竟写不清晰，目沉沉欲睡矣。写未毕，实不能支，十一时半寝。寝后不成寐。今日清明,予西迁四载,祖宗坟墓未祭,思之泫然。抗战情形国际上近时英美对于倭寇竟无办法,殊痛心也。

廿一日　晴燥　四月六日　星期一

六时起,七时至宣恩初中晤项校长、舒菊舫,略谈即归。朱敬丞先生来谈半时去。敬丞对迟儿教英文颇尽职,可感也。十二时项校长约午饭,午后一时至县府与金、黄两科长晤,嘱书记代写诗稿付油印。晚嘱警佐雇定抬滑竿伕子二名,准备明晨往长潭河。十时清理各事毕即寝。

廿二日　晴热　四月七日　星期二

五时半起,六时早饭,七时乘滑竿起行,八时到七里桥小憩,九时到赵王坡,十二时。二时半①到甘溪,过到

---

① 此处"十二时。二时半"疑有误。

狮子关，去秋曾过此地，歇茶店中，便再往关庙一看，左边铁钟系嘉庆十九年六月铸，街头一石碑叙修路出款人姓名。"乾隆十八年癸酉季夏月廿六日刊"字样可证此市场历史之久。庙内石碑有县令张某衔名，下款刊"嘉庆廿四年六月"。午后二时抵老村，腹馁甚。一小店中仅有苞谷饭，予未能食，伕子在此中餐毕，予催其速行，五时抵长潭河，疲甚。嘱乡公所代办火食，天已晚，遂宿于此，便与许伯蓬晤，以予头痛甚，就李宅服凉药一剂，因今日受热，牙痛脸肿也。十时寝。

廿三日　晴燥　四月八日　星期三

六时起，七时仍至许君处服药，李君坚留早饭毕，与熊乡长、前郭乡长及国民兵团副团长同往谒严立三先生。立三与熊、郭诸人谈半时，诸人先出，予遂与严先生评谈各事约一时许，进中点。先生素清苦，今午中点尚丰盛。旋张难先先生来，谈近时乡公所及地方环境不良情形，并请予转告滕县长各事及改良救济诸法。四时晚饭，肴菜亦不菲，且食咸丰大米并有酒，则张先生所赠也。五时半为

民国三十一年（1942年）　二月

严世兄善明讲解习字作画之法约一小时，出门天欲黄昏矣。辞出，行二里，便访张先生谈一时许。仅作普通叙谈，并慰张夫人咳嗽吐血。夫人年七十一，与先生能共患难且安贫无宦贵气，亦近世难能可贵者也。返公所后知石骧已来长潭河，便与谈晒坪善后事约一时许。今日托惠、段两君代购之茶叶香蕈俱已收得，尚不甚贵。仍在许君处服药一次。

廿四日　晴热　晚九时以后大雨约六小时　四月九日星期四

五时起，六时早饭毕，六时半即起行。滑杆行三里许，有龚姓老者阻杆前，谓乡公所派谷不公，求伸雪，予谓予非查此案者，婉却之。行半里又有龚明亮之妇跪滑杆前阻予行，称三保保长杨德臣万恶，又易云樵、龚方之、龚明章等相继陈述杨保长与熊乡长勾通一气压迫该保民众，予一一慰之，谓到县府与县长转说解释一切。杨保长以私报复，陷害弱小民众，殊可恶。噫！此种情况恐不独宣恩此一保为然也，推之鄂西各县，无不如此。征实物公购馀粮,去秋值年荒,鄂西素非富庶,乡保甲长如蛇蝎,政府高压,粮政局焉知民间疾苦哉!廿年前鄂西靖国军在此多种恶因,致激起民变,咸丰近事亦可惧也。九时过东乡镇,予催伕子速行至狮子关,值场期,就此中餐。场上人多,包谷每斤七角五,米每斤二元二角,较之长潭似略贵,较之椒园一带又便宜五分之一矣。饭毕催伕子行,以天热甚且云重风起虑有雨。五时抵宣恩城,仍居原栈,但原房已为军队占去。饭后至县府与滕县长商各事。七时以后大雨已来,九时归,十时寝。自是大雨时作,枕上频闻,转钟一时方安寝。

廿五日　阴晴不定　四月十日　星期五

六时起,昨夕寝极不安,臭虫因热出而吮人血矣。枕畔摸得二枚,血盈指,始知之。今日贪酷官吏与乡保甲长与此何异耶?七时漱盥毕至县府,九时半至街市闲览。午餐后赶场者群集,食粮仅有售包谷者,其馀各物又较狮子关贵。菜油每斤售至七元二角,布匹粗恶者每尺一元五角,以此时现况推之,犹有增涨无已之日也。晚八时半补写日记未竣，项东□校长来谈二小时方去。予疲甚，仍写日记一段。十一时寝。转钟后此栈外犬吠时作，睡极不安。

廿六日　晴　四月十一日　星期六

六时起，楼上新兵喧扰不堪。八时往县府与县长、科秘等谈各事，并与陈督学面谈各事。午后一时与陈同往中心小学一看，校长已易朱安贞，朱伯平之女公子也。校中修理布置甚见精神，与校长约谈半时。出至民众教育馆视察，谈一时，该馆已由省民教馆分拨图书一部份，足资阅览，较之去岁有进步。六时熊汉辅请晚餐，同席者剑侯、伯平诸人。八时回栈清理各事，结算旅账，备明日早行。十一时寝，多梦。

廿七日　晴　四月十二日　星期日

六时起，七时起行，九时至甘沟塘，已行十五里，就店中早饭。予与仆食每顿共八元，伕子二名，每人三元，仅一豆腐佐餐。此路火食较去秋增一倍矣。保国民学校已开办，因时间促，未去看。十时半经铁厂坡，十一时半过毛坝塘小憩。保长李传源尚尽职，今日星期，学生放假，彼尚在校中未去，问数语遂出。午后三时到东门关，路极难行，遂不能乘滑竿，予步行颇吃力。五时抵扳寮，六时到建始初中第二部，谢主任敬心及李医官、陆教员均晤谈，予身体甚疲矣。饭后与陆再谈，始知其兄陆澄波于廿八年在籍已病死矣。陆生对予颇尽礼，为之太息久之。并闻田生任秩廿八年为人杀害，尤为可怜。十时寝，甚安。

廿八日　阴　小雨一次　晚十二时大雷风至旦　四月十三日　星期一

七时起，昨睡甚熟。八时食面半碗，与谢主任同至建中本部晤督学高其冰，山东人，北大毕业。离施南已二月馀矣。饭后匡区长来，予便询昨日饥民索谷情形毕，与区长、高督学、□校长同往高罗区署、乡公所、乡中心学校视察并解决第一保集、乡公所索谷情事。妇女多，秩序尚好。饭后回校途中遇挖蕨根穷民十馀人,据说近数日采蕨人数众多,恐不久亦尽,可见高罗所属各保情况也。五时半到校,足力已疲,今日往返已行十四里,连早晨来校共廿馀里矣。十时寝,十二时起溲。天际电光闪闪,似有大雨至,再寝后雷声大作,暴雨至旦。

廿九日 雨 四月十四日 星期二

七时起,天气变寒,昨预计今日往沙道沟视察情形,天雨泥深,只有中止。忆昨晨与谢主任过该校附近观音堂,便入一看,门首有乾隆十七年一碑、嘉庆廿六年一碑,观音堂之建已逾百年矣。鄂西民族多崇祀关帝及观音,庙甚多,惟文化落后耳。谢又述及该校屋主李彰五为清代知府,有积蓄,李卒后其二子荡废已尽。长子去岁死,次子年逾六十,尚教国民小学糊口。清代达官始不教其子以正道,予以职业,二百馀年中几为通病,致子孙受苦,诚所谓"一代做官,三代打砖"者矣。忆吾邑中官吏显者,其后人与此相似,因连累书之。十时写函饬役送区署,问今日发贷谷情形,嘱便买各物。午后仍雨,未能外出，仅与高督学谈近时各中学办法。晚间校长添菜，约柳、孙、高三教员作陪。饭后补写报告表，十时以疲倦遂寝。

三月

初一日　阴雨　四月十五日　星期三

七时起，八时办理简略报告，未成。李区员来补报灾况及匪情文二件，亲自携交予阅者，并为匡区长超然写屏四张付之去。饭后小睡一时许。午后二时建初中两部份集合学生训话，校长欲请予指示各事。因此次任务不同去年，且秘书长于予与张、周、王三人首途时曾谈及此行须带秘密考查性质，不能对外发言表示，是以不能在各机关训话也。午后补写西迁诗稿数首，晚十时寝。记明日为包贡九五十寿辰，欲写一函贺之。

初二日　雨　午后阴　夜十二时又大雨　四月十六日　星期四

七时起，八时写报告列举宣恩民间无食粮，采蕨充饥，四次向乡公所请愿索谷，乡保压迫民众，陶朱乡三次匪警，请秘书长向主席陈明此间实况，过逼必起事变等等。鄂西民众素称强悍，近二年仇视政府与公务员。去年三次购粮及征收实物等事，民间已无存谷，县长奉令严紧，乡长保甲假威催迫，长此以往，不设法停止，示以恩惠，则从前靖国军可为殷鉴也。并另写一函提要说明各项致秘书长。写至晚十时方罢，大约已写五千馀字矣。近三日天阴雨，又谈话久，目力在灯光下甚差。八时与高其冰论诗一次。十一时半寝。

初三日　早雨　午后雨　寒　四月十七日　星期五

七时半起，原拟今午起行赴沙道沟，天雨未晴暂止。

八时将昨晚所写信件、报告命仆送发，并嘱在市中购各物，归时无所得。午后写一函致包贡九，并附汪文伯一函，又致内子一函，告以各事，嘱区署雇佚二名备明日赴沙道沟，晚间补写杂稿。昨、今阅报，国际战事，英美仍未有胜利希望，倭军海空似均胜利，锡兰岛紧张。国内战况消息沉闷，馀无其他好消息。九时与高督学闲谈，十一时寝，多梦。转钟二时天仍大雨。

初四日　早雨　旋止　寒　晚十二时以后仍雨　四月十八日　星期六

七时半起，八时半高督学乘滑竿往宣恩。予以久候佚子未至，仍在校中午饭毕。佚子来时已下午矣。遂乘滑竿至区署，因时已晏，恐不能赶到沙道沟，且虑天雨也，遂驻区署，今日值赶场，遂往看市上情形。包谷售价每升六角五，菜油每斤五元，大米每升九元，均较上次便宜多矣。此因天降时雨，各保穷民贷谷已发清，故现象转好也。匡区长、李乡长今日召集保月会，并约乡中心学生来做纪念周，坚欲予训话，不得已，遂出说明一切，对保甲民众表示安慰，对各小学生说明鄂西教育现时便利，是政府西迁后予小学教育普及之良好机会云云。晚与滕县长、来凤张县长通话商酌各事，小学校朱校长及女教员孙三元来谈一时许去。十时寝，转钟二时闻雨声又作，心甚烦闷。

初五日　早阴　十时以后晴　午后四时雨　晚仍大雨
四月十九日　星期日

六时半起，七时饭毕，七时半与匡区长、李乡长、魏指道员再告以注意各事即起行。八时过五桂坡，九时半过当阳坪，自高罗至此已行十八里矣。天已放晴，为之快慰。十一时半抵沙道沟乡公所，王乡长出见，与谈各事。今日沙道沟赶场期，遂往街市查看物品及探物价，柴较高罗尤便宜，六十斤约洋三元，大米、苞谷出售者甚多，亦较高罗为廉，据谈皆来自鹤峰者。便往女子高级职业学校视察，校长范正恩已往巴东，由甘教务主任接见，傅事务主任陪同看学生寝室内务、教室。值学生午餐，饭中苞谷有六成，菜一盂，装甚满，逆料亦未能食饱。抗战以后各校学生甚苦，闻近来亦安之矣。此校校址、设备俱不佳。以下午上课时间尚早，未能听各教员讲授，教务主任欲予向学生训话，托词婉拒之。回乡公所后饭毕，由王乡长约商会郑会长、王保长、周保长等坐谈各事。予嘱各保长关于民间困苦，此时宜直言无隐，各保近时挖蕨度日之家可一一书出，予亦可以向政府直报也，遂由三保长书条交王乡长福霖汇交予保存。晚间与王乡长及农业改进所派来宣办农贷陈□□谈二小时方寝。天雨又作，心极郁闷，不知明日能行否。十一时寝。

初六日　晴　四月二十日　星期一

六时起，天有晴意。八时已放晴，予决意到李家河，便看中心学校，授课学生每班不整齐，校舍亦未修完竣。饭毕起行，十一时在甘田场小憩，已行廿里矣。午后一时半到李家河，值赶场，生意甚发达，百物昂贵，猪肉售至四元四角，布匹、柴较他处稍廉。至邮局晤李小波，知其已添子矣。给其子拾元作俗所谓见面钱者。饭后又同田子城至街市一看。五时半归，得宣恩电话，段继李与予谈，谓美国空军已开始炸日京矣,为之快然。未几思之,《湖北日报》消息屡次不确,如去岁英美与倭谈判破裂时,倭空、海军于六小时即解决太平洋英美势力大半。该报载美机五百架炸东京,后竟无其事矣。截至今日美机尚未袭倭,明日阅报当知之。十时寝。

初七日　晴　今日谷雨　四月廿一日　星期二

六时起,八时早餐,九时至实验小学视察,听教员讲课并调阅课卷,约二小时出。再至街市,今日冷场,街上行人稀少。正午周鹏程同学自其家来乡公所,快谈甚久。午后三时约商会、附近保甲谈话,示以重要各事。五时散会,至李晓波局中,因李约便饭不便拒也。鹏程、段中孚及联中汤、瞿两教员等十人。七时席散,陈松亭自来凤运纸过此,与予谈各事,并乞予以协助,当托中孚为之照料一切。八时与滕县长、张县长各通话一次,与鹏程谈至十二时方寝。

初八日　晴　四月廿二　星期三

六时起，七时早饭，七时半起行，中孚、鹏程均送予至街头方转去。十一时到来凤城。住青年食堂，泽君已派警佐王□□迎予，先预定此馆者也。民厅视察张燮号炽君，省振济会视察李煜号继初，先居于此，与谈数语。坐未定，闻警报，遂至南城外避之。回馆后小睡一时许，泽君同卫仲康来谈各事去。今日天气热甚，四时以后至街市一览，至王警佐办公处细询各事，十时归。陈视察仲平自旧市归，略与谈来凤闹荒实事。十时寝。

初九日　晴热　晚转钟二时大雷雨　四月廿三日　星期四

六时起，七时带仆至灵凤山县政府，途遇民众教育馆，便取旧书观之。有《天下郡国利病书》《经世文编》《史鉴》等类，惜无一部完整者。九时抵县府，与泽君谈各事并晤及新审判官杜国才。黄冈人,卫初本家也。为泽君题县府额,渠请写隶书,予不善隶,姑从其请耳。饭时闻警报,敌机一架入川云云。下午二时与泽君入城,四时半泽君约予与陈、张、李三视察,贺局长就食堂便餐,携有四川橘精酒一瓶,饮其十之九矣。省府有电嘱查龙校长,明晨当往该校一查。十时寝。

初十日　雨　午后四时阴　七时以后大雨达旦　四月廿四　星期五

六时起,七时阵雨时作,原拟今日赴来凤初中去查案,舆伕已来,遂辞去之。十时以后仍雨,亦不能外出,以昨日馀酒与陈视察分饮之。饭后写诗稿,请张泽君代印。小睡一时许,起后仍补写诗稿毕。刘维汉请予与张、陈、李诸人便饭,以泥路难行,遂辞之,且虑晚间有雨也。五时卫灿先来,详述此间闹荒经过,约二小时乃去。九时以后大雨如注,十一时寝。

十一日　早雨　午后大雨至夜分　四月廿五日　星期六

七时起，饭后未能外出，写报告并刘秘书长函未成，今日雨未止。下午四时贺局长痴瘦约便餐，泽君与熊铁华同来，仲康亦至，予与张、李、陈三君同座，共八人。七时席散。十一时寝，是时雨仍未止也。

十二日　晴　四月廿六日　星期日

七时起，天已放晴，蒲月涛自悌恭乡公所来谋调事，刘可权来谈一时许去。饭后带仆外出赶场，街上人极多，各货物已暴涨，较之予去秋过此时已涨二倍矣。分次购各物归，贺局长、熊铁华、郭主任、张县长因卫仲康昨已约定便餐，五时半齐来食堂欢聚，如前夕泽君办法，携来橘精酒一瓶待予等，颇感其盛意也。八时散去，予往王警佐处嘱其雇轿伕二名，明晨黄麻嘴查来凤初中。九时与张、李诸人闲谈。十一时寝。

十三日　阴雨转晴　四月廿七日　星期一

六时起,盥漱毕伕子已来,七时起行至土堡中心小学,因张县长昨约予到此扩大纪念周,对国民兵团、税务局、商会及各机关法团训话也。八时半各团体均到齐,张县长介绍后,予述来凤闹荒起原,征兵不得其平,卫县长征实公购,两项并办错误,下乡征粮人员又不得其时,致酿此次事变等等,约一时方毕。十时便看卫县长。十一时在县府午餐,阵雨时作。午后一时雨止,遂乘轿急行,到中学后已二时半,与龙校长、王教务主任、金事务主任晤谈后,四时赴操场点名检阅学生四百零一名,与报厅名册相合。晚间查合作社账,复与龙、王等谈各事,至十一时寝。今日曾游与校相距三里之旗鼓寨小集也。

十四日　晴　晚月色佳　四月廿八日　星期二

七时起,八时接见各教员,略询学历并办法。昨晚延见各员，今日再不接谈，石诵清新自沙道沟调来，且系昔年同事，另延与谈各事。十一时早餐毕，乘轿湖南龙山县政府调查元阜乡李文峰抢案卷，陈县长不在府，晤全军法承审，常德人。与谈各事，二时出府，龙校长来送行，面托各事方去。四时予回来凤旅次休息后往川鄂旅馆回看阮庆荪内政部视察也，安徽合肥人，自咸丰来此者。与谈各事，傍晚归。晚饭后与陈中平视察至戏园观剧，湘籍戏子与来凤人合演之所谓汉剧者也，演韩世宗破金兀术事，略坐半时遂归。山县得有此娱乐，亦可为民众解闷。十时归，十一时寝。

十五日　晴　晚月明如昼　四月廿九日　星期三

六时起，七时半张县长同阮视察来谈一时许，张送予至东门外始别去。予乘滑竿，九时至小河坪小憩，行十五里矣。正午抵李家河，便访李邮局长晓波。下午四时得鹏程函，知其因病不能来。五时半至街市中游览。此间冷场，行人亦少，鄂西各县场集类如此。嘱乡长雇伕备明日早行。十时寝。

十六日　晴　晚月色佳　四月卅日　星期四

五时半起,六时半起行,晓波来送予里许别去,行十五里至唐王坪。早饭毕起行,舆伕途中与予述乡长、保长各种罪恶。吾国行保甲制度已十年矣,收效如此,良可叹也。小民多几层抑压,政府徒受恶名。近三月中征兵、摊粮弊端较从前尤甚,小民积怨难伸,如是有咸、宣、来等县之近状发生矣。以后如何尚难预料。下午二时抵高罗区署,饭后与李区员至街头河干游览,看某姓男妇四人在水边淘蕨,便问各事,据称近日蕨已尽矣。六时访邮局徐局长应辰,谈片刻归。匡区长自沙道沟来,予细询初六日沙道沟男女闹荒情状。十时寝。

十七日　早雨　午后雨转晴　晚月色佳　五月一日　星期五

六时半起,知昨晚又下雨。九时因下雨遂中止赴板寮，十时匡区长约张视察爽来此共饭。正午雨更大。予至乡公所一看，便在场中问物价，较予前十日过此时涨价四分之一矣。四时魏指道员约晚餐，同席六人，菜甚丰。六时散，回署后洗澡一次。易校长来谈近事，且云严立三先生嘱其觅住宅，欲迁高罗住家，谈至九时方别去。予准备明晨回宣恩，十一时寝。

十八日　雾　晴热　五月二日　星期六

六时起，天大雾，预料必晴。李辅臣乡长请吃早饭，昨已许之。朱校长、匡区长、魏指道员同陪。八时即毕，八时半起行，九时半过初中分部，与谢敬止主任略谈数语，换衣服即行。十一时三刻抵板寮，李保长来，称伕子已雇定，可在此换伕。便看保国民小学学生四十馀人在武庙楼上，一切布置办法悉如乡间旧式私塾，无所改良也。连日予所携金表未对准，不知时间确否。十二时行五里至东门关下坡，予下滑竿步行，坡石级过高，极难行。在高罗闻李区员云，此坡共有七千馀级，行至灵官殿前小憩，看瀑布约高六丈馀，上系双流会合，下四丈馀有一叠，一里外即闻水声怒吼。又行五里至峡道中见尺馀高石碑,系嘉庆四年立,纪首士覃某修路十丈,又某某修路三丈,工钱共五百六十文,僧某某刻石,可见当时物力矣。今日天气热,沿途歇息。下午五时半抵干沟塘乡公所,予馁甚,嘱办饭,刘乡长赴施受训,副乡长已回家,由段凤喈股主任招呼一切。中心学校姜主任率教员邹希杰等来问各事,告以明晨到校视察,遂去公所,系武圣宫改造,后院有月月桂二株,闻已五十馀年矣,每月开花一次,八月则盛开,亦希物也。明晨当观之,一穷究竟。十一时寝。

十九日　雾　晴热　五月三日　星期日

六时起,盥漱毕与段主任至田赋管理处视察,该处尚未结束。指道员李志超黄陂人。去年八月来此办理,述各事,谓宣恩老册田亩数十万零二千七百馀亩,现在田亩山垱已增至九十二万馀亩矣,将来收入照旧册可增加一倍以上云云。再至中心小学视察,校址甚好,但狭而不能容多人,亦颇清洁。今日星期,未能看其授课情形。约一小时回乡公所,便至后院看桂树,二株相距四尺许,各高二丈三四尺，此月已届下旬，花正谢。闻段主任云，每月开花在初三以后，颇不爽。阴历播种、开花、节序数千年递嬗不爽，闰年月圆十三次尤准确，恰符一月名义。近时法人亦研究中华阴历，亦信其诸事可凭也。饭毕起行，已十时矣。十二时抵宣城，仍住大同旅馆。黄科长来云熊汉辅已添一子，遂至其家道喜，略谈即归。十一时寝。

二十日　晴　五月四日　星期一

六时起，七时往县府取诗稿，九时得来凤张县长电话，告知各事，十一时孙端伯来谈，晚间王涣菁来谈。今日疲劳，未作多事。十一时寝。

廿一日　早阴旋雨　十时以后晴　五月五日　星期二

六时起，七时往县府，与滕县长同往税务局国民兵团部司法处问各事。司法官陶端明，号钦安，天门人。新自鹤峰调来者，述该县近状甚悉。午后朱敬丞、詹咏之、熊汉辅先后来谈各事。晚访项校长并至县府问各事。嘱代雇伕子，明晨早到。前与栈主结账共付五十八元。十一时寝。

廿二日　晴热　今日立夏节　五月六日　星期三

六时起，嘱栈主办饭与伕子吃，便早行也。项东之、黄纯璋来送予。七时起行，至河干别去。十时半到板场，已行卅里，板场仅倾斜屋七八家，闻近日亦无场市。自城至此卅里间人烟稀少，饮茶亦艰难，廿九年春拟卜居于此，今见此地非相宜之处，实不如长潭河、高罗等处也。乡公所于此地三四保合设一保国民学校，教员胡万钧、罗梦楼来见，遂便往校中一看，系关庙改造，阳光太差，校舍亦修理未竣。学生卅人，未到齐，具形式而已。馁甚，无饭可购，食面半碗，遂行十二里过刘定考家，其长子国栋已于廿九年六月被征出，次子已死。长媳出示国栋在家所书本子一册，云读书四年，自被征后迄无信归，生死莫卜，言之甚惨。保长去年公购馀粮，尚买一石四斗谷以去，并无优待军人家属条例也。下午三时到万寨乡公所，乡长罗年凤率职员、学生候于门。饭后细询此间各事，云匪十馀人上月抢距此六里之商人，现时已逃至恩施界矣。至街市略看情形，房屋廿馀栋正值修理，修街闻尚需两月可完竣。九时半寝后闻有人口哨，似约人者，乡长起嘱枪警警戒之。

廿三日　阴　小雨二次　午后五时大风　寒甚　五月七日　星期四

六时半起，八时乡长请向学生训话，该校四班学生百馀名，以爱国家、敬师长为训，约四十分钟毕。饭后赶场，人集食粮甚少，大米、糯米均多，价较宣城低，苞谷约计在百馀石，尚有继续来者，皆鹤峰边界来，可见去冬鹤峰丰收也。馀物均比来凤、李家河等处为廉。午后四时半大风，气候变寒，可着棉衣矣。写立三先生一函，梅壮宇一函，各附《李家河道中》诗二首挂号寄去，嘱罗乡长代雇伕子三名，俾明晨回施南。十时寝。

廿四日　晴　五月八日　星期五

六时起，七时早饭，七时半起行。九时过界牌，十时半过长沙河，恩、宣两县分界处也。中经恩施插花地数处，自是所经均为恩施地。下午三时过法院、鸭子塘等处。四时抵家，命舆伕、挑子回去。梦闲此时不在寓。予饭后小憩，阅汇存各处来函。□庆蕴玉来函仅有信皮，内所书何事不得知也。馀函无关紧要。傍晚梦闲归，问以各事。予殊不愿其与人共贸也。十时寝。

廿五日　晴　晚雷雨　五月九日　星期六

六时闻梦闲已起出门矣。八时起，倦甚，十时饭毕，欲至七里坪未果。清理带回各物件毕，梦闲傍晚归，问以各事，予殊不愿其早去晚归，置定儿于不顾也。所谋之利几何耶？十时寝后大雷雨，为时不久。

廿六日　晴　五月十日　星期日

五时闻梦闲已去,予殊患气,孜孜为利乃鸡鸣而起耶。七时韩仆送省府所取各处函件并万隆焜电报一件,为友人李成之呼冤,请向省府伸雪。李,予不知其为何许人也。九时饭毕欲往省府,包贡九来寓,遂中止,留之便饭。贡九遂述近事及参议会与朱厅长质问事,约两小时乃去。晚十时寝。

廿七日　阴　时有小雨　五月十一日　星期一

五时又闻梦闲同仆出门矣。予九时起,十时饭毕,十一时到省府与诸同仁晤,十一时见秘书长报告查案及视察两县情形。刘兆喜事,乡长来呈请秘书处放归充兵役,此事惹麻烦矣。午后二时归。今日时间促,府中应购之物均未购得,梦闲不管家事,累予诸事操心,殊可恶也。五时半彼方回,予问合贸各事,含糊答应而已。晚间欲写信、作报告,心烦意乱而止。十一时寝。

廿八日　阴雨　五月十二日　星期二

七时起,十时清理各事,愈清愈麻烦。午后三时往省府领物取卷,为刘兆喜事又说话数次,此乃梦闲多事惹此麻烦。五时再与秘书长详述来、宣两县情况,傍晚归。梦闲所说各事,予殊不相信也。十一时心烦甚,寝不安。

廿九日　晴　五月十三日　星期三

七时起,八时饭毕,欲作报告,心烦神疲而止。午后一时朱祐廷来谈近事,四时留之便饭毕,予与同出门至省府,取回邓实、阳春等信件,阳春并寄有纸烟六盒来。六时回寓,饭后细问梦闲合贸事,答语含糊,予遂矫正之。家用不足,凤已安之,何劳彼合贸济用耶?心殊怄气。予嘱其明晨自决以退屋,停止此事,且小孩顽劣无人管理,予近日系请假,将来何人照管耶!殊怄气。十一时寝,极不安，起数次。

三十日　晴　五月十四日　星期四

五时起，旋又睡去，八时乃起，饭后清理各事至五时乃毕。疲甚，晚十时寝。

四月

初一日　晴热甚　五月十五日　星期五

六时起，疲倦殊甚。梦闲今晨剪发，彼自迁宜昌小峰后与乡妇习惯同，由短发蓄而成髻矣。此月警兵到处勒令妇女剪去髻，且有种种侮辱，抢去乡间妇女发簪等事。予上月在沙道沟见乡长饬警迫妇女剪发，次日几酿巨变。噫！此所谓新生活检查成绩者也。闻宪兵不日来乡间检查妇女已否剪发云云。九时半有警报，十一时又一次，午后一时又警报，敌机一架过此间上空而去。三时半予欲往城内会客及做衣服，以无汽车，且时已晏矣，至教厅访朱新民未晤。晤辜南杰，问鄂东近情。至建厅访陈肖峰，约请参议会中诸同学事至包贡九家略谈。便请张伯熙代予续假二天。六时半归，渐行天渐黑，至寓已不辨路矣。今日报纸载吾国战况不佳，颇可虑也。十时疲甚，遂寝。

民国三十一年（1942年）　四月

初二日　晴热甚　五月十六日　星期六

六时半起，九时饭毕清理各事。下午一时为万隆焜电报往保安司令部访曹秉哲，问及李某案，乃知系石首梅壮宇所办之事。梅好大喜功，将来必受打击。曹谓此案实有冤抑，省府以其先报过，大不便直斥驳回也。乘汽车至施城，途中颠播不能立足。到城晤县府秘书许□□、宜都人。县长王开化，各谈片刻。至时代、惠丰两缝衣店，均云省府账已结矣，不能做制服云云。五时半回寓，汗出如渖，洗澡毕，阅祐亭留函，知其不日回鄂东矣。战事如此，早回鄂东亦好办法也。今夕省府宴参议会全体，议演京戏酬之，何其尊重乃尔。时局如此，有爱国心者当作如何感想耶？十一时寝。

初三日　早雨　午后大雨　寒　五月十七日　星期日

七时起，疲倦甚，未能作事。屡欲作写报告，精神不继而止,饭后亦如此。晚天气寒甚,可着棉衣,九时遂寝。

初四日 晴燥 午后三时阴似欲雨 五月十八日 星期一

七时起,倦甚。八时半到省府,行至岔路口遇朱阳春来寻予,予遂将存件送府寝室中安置,与同返寓,留之饭,谈各事。彼已取得资格,获国税分局长矣。所娶宜昌李妻已生二女,不欲回鄂城矣。天下事妻财货利足以留人不去,俱阳春一类人也。付洋百十元,嘱其买袜子等件寄施。五时半别去,予送之里许返寓。晚梦闲携笔归,云系其族兄处贷与者。十一时寝。

初五日 早阴晴 午后阴 五月十九日 星期二

七时起,疲甚。饭后欲写信复各处,以精力不支遂止。晚间疲倦异常,寝后亦不安神。

初六日 晴热 五月二十日 星期三

六时起,七时到省府,足软甚,行极迟。九时有警报,寓中送饭来,此为第一次。午餐在省府搭亦不便且贵,不如此办法为佳。午后料理买米挑力诸事。午后四时归,晚饭后未作事,疲甚,十时寝。

初七日 晴 五月廿一日 星期四

六时起,七时到府,诸事麻烦,不知从何下手,欲执笔精力疲矣。报消账今日仍未办,寓中仍送午餐,食甚饱。午后四时归,饭后未作事,十时寝。

初八日 雨 今日小满 五月廿二日 星期五

五时半起,精神疲倦。六时半到省府,幸今日早行,已到府门大雨至矣。在府未能多作事,寓中送饭后,祐亭、康屏均来谈事,多不相干。写信分致王绍虞、林均中,向会计处借款补买米。今日因雨,下午四时即回寓,饭毕补写日记。十时寝前付梦闲七十元,明日赶场。

初九日　早阴　九时以后大雨数次　五月廿三日　星期六

六时起,七时到公,十时复万炎午电并函。今日办出差日记并列账目。百熙云鄂东行署有电来,须迁英山黄土岭,敌人有来攻之说,此与昨日朱祐亭所言相同,湘北敌又有攻势,洞庭水涨尤可虑也。阅报,英美兵力无发展,缅甸全溃败矣。浙赣路危急,敌人对于鄂中、鄂南、鄂东俱在进攻。午后四时即归。明日星期,请假半天,下午不去,便休息也。晚间未作事,九时半寝。

初十日　阴　五月廿四日　星期日

六时闻梦闲已出门，七时起，疲倦异常。八时办理出差账目，饭后继续办理，无甚头绪，兼回各处函。午后三时祐亭来谈，渠不日可领款回鄂东矣。予久客思归，未得机会，遇事未便向人启齿，以致牵延至今尚未作一定打算，精神不济乃如此耶。晚间办理账目仍未就绪，眼倦欲睡，十时半乃寝。转钟后梦回鄂城原籍，处处败瓦颓垣，遇胡剑侯约予同到酒肆中，食毕彼此坚开酒账，予箧中实无多钱。带仆仍为袁长青，痴呆甚，持灯道予与剑侯，卒寻不得予住宅。又见先父母，似仍存在安好者。周知安见予面，偶入某室，则云外面街市有敌人，捉赌博民众数人正行途中，予惧而返室中，遂醒，已天明矣。屡思回籍，乃有此兆欤？吁，可慨哉！

十一日　晨五时以后大雨　下午阴　五月廿五日　星期一

六时起,天大雨,匆匆持伞至省府,途中滑甚,汗出如渖,到后签到二次,已七时一刻。未几举行纪念周,秘书长报告数事,真伪不得知,未免限制公务员太甚。要人兼数职,最高长官如部长之类可做大囤户,吸民膏血,视为固然而不问也。真所谓窃钩者诛,窃国者侯耶。历史中所引为殷鉴者,近时重要人乃躬自蹈之,何耶?午后三时往土桥坝做制服,便访教厅张、许二人,未晤。四时回寓,汗透衣衫,路滑,又着皮鞋,脚趾疼痛,西迁来施,予受苦不少。晚饭后告梦闲以各事,决意节省度日,天不绝予,东归时再计善后办法也。九时半写日记,眼力已减,精神不继,十时寝。

十二日　晨小雨　午后二时晴热　四时半阵雨　晚有月色　五月廿六日　星期二

五时半起，六时半到府，途中有泥深难行者数处。十一时办理出差账毕。午后四时归，天热甚，衣透湿矣。四时半饭毕，清理房中各事，头晕甚。傍晚大风雨数阵。九时半寝。

十三日　雨　阴　五月廿七日　星期三

五时半起，六时半到府，途中遇小雨。九时半有刘某来讲防毒常识，始而堂中列坐位，继而嘱各职员至操场听讲至二小时之久，各员脚已软矣。刘尚欲续讲，众人嗤之，少兴而退。午后至民厅，四时至教厅晤张秘书希之，说明龙智仙事。五时与梦闲途中相值，定儿同在一路，到寓已六时矣。饭毕欲作事，以精神不继乃止。十时寝。

十四日　雨　午后阴　五月廿八日　星期四

五时起，六时半到府时大雨骤至。九时开会研究法令时时改变及下级机关无从依据等问题。十一时访朱怀冰述各事。予久欲改任参议，事较闲且不拘时时签到也。石信嘉回信云梦闲事于六月一日起可以安置之。午后四时回寓，饭后精神不继，未作事。今日买米、油、黄豆、苞谷等等回寓。九时半寝。

十五日　晨六时大雨如注　十时以后大雨至暮　五月廿九日　星期五

五时起，六时因雨大未行，七时雨稍停，遂至府。见途中积水，田畴雨足矣。到府后东涂西抹，不知作何事好。精神散漫无依，一提笔即懒。连日心中抑郁。祐亭以诗来留别施南诸友，不日东归也。予因其东归而生无限之感，妻子从前如信予言不离鄂城乡间，致累予数年之久，予亦早东下矣。午后三时即回寓,惧大雨又至矣。晚餐饮酒多,益无聊。

十六日　大雨数次　时时小雨　五月卅日　星期六

五时半起,六时半到府,今日办理账已毕。午后王宇澄约晚饭,六时去,七时席散。予匆匆归寓,晚间未作事,九时半寝,自是天雨时作。

十七日　雨　午后四时阴　晚雨　五月卅一日　星期日

七时起,天雨未止,予昨已请假,今晨雨大不到公。梦闲八时至城内购物。午后三时祐亭予约其来,钱之东归也。今日疲倦殊甚,饮米酒三次,尽一大盂矣。五时梦闲归,知关金亨已往鄂北,未在民享社,昨夕空写此函,惟已晤周宝善云云。晚间又雨,天气转寒。十时寝。

十八日　晨雨　十时以后阴　六月一日　星期一

六时起,梦闲七时又外出,予不知彼忙何事也。昨受寒,鼻塞伤风,极不可耐。八时又再睡。十时半起,倦甚,饭后懒于作事。晚间梦闲出言无状,予骂其无良,遇事累予怄气,自私自利不顾其亲生子,尚得为人哉?十时办查来凤初中报告。十二时寝,不成寐。

十九日　雨终日　六月二日　星期二

五时起,六时往省府,途中滑而难行。到公后写信三件,午后来凤沈廷模托人带线来,予起时来人已去矣。嘱刘兆喜持函往取归,证以函中货价不符,已有错误矣。午后四时归,饭后头晕痛,未能作事。十时寝。

二十日 早大雨如注 午后四时晴 六月三日 星期三

五时半起，六时往省府，途中雨大水深极难行，足疲甚。鲁警佐来晤，嘱刘仆与之见面申述各事。写信分致严立三、沈廷模、朱阳春等。午后四时雨忽止，天气转晴。予遂回寓，万寨罗乡长派人送所买米蒜等等来寓，写信付之去。晚饭后小睡二时许，八时起写信三件。十二时寝。

廿一日 雨 阴寒 六月四日 星期四

五时半起，六时半到府。连日早寒，可御棉衣，四月下旬如此，鄂西天气已变矣。七时朝会，主官报告各事，听入者殊少，盖各职已厌闻矣。阅报，浙江各要地吃紧万分。午后四时回寓，晚以目力不佳，未写字。十时寝。

廿二日　阴晴　热闷至极　晚十一时以后大风雨　六月五日　星期五

五时起，六时到公，午后四时半包贡九请予及视察室同人补其生辰未到之客，于明日下午，已许之。因今晚府中演戏，遂至贡九寓，饭后与之同来观戏。府中去年演戏数次，予均未观，一则心绪不宁，一则怀疑时局如此，政府何事可乐耶。七时开演，看戏者军官、政客，来宾男女杂坐。天气闷热欲雨，人与人挤坐，汗臭粉香发出一种怪味，令人欲呕。《追韩信》一出唱毕，予即回寝室中抹汗。寝后臭虫因热争出嚼人，枕畔到处皆是，不能安寝，转钟后大风雨。

廿三日　大雨　寒甚　午后二时晴　今日芒种　六月六日　星期六

六时起，七时到公，补作报告及写信数件，午后四时半至包贡九寓吃饭,候白如初、李士魁,至五时半方开席,菜甚丰。六时三刻席散。七时与白如初同归,途中便谈各事,到寓已上灯矣。晚间写信二件,十一时寝,转钟后多梦。

廿四日 晴热 六月七日 星期日

七时半起,倦甚。午后约鲁祖珍、朱祐亭、梅先林、朱新民来吃饭。新民因事未到。梅则鲁等已去,彼与毛科员同来,再补开饭一次,梅去天已黑矣。万寨乡公所派人送黄豆、小猫来,又留来人吃饭。今日下午开饭三次矣,柴米人力俱有损失,非节约之道,以后须戒之。写信给来人去。十一时寝后梦见先母,似生时在方先生肆中作客者,具酒肴甚丰。予与先母别方宅时,方大先生与其弟欲送母出门,尽其敬礼,予谢之,谓出街时人见之,谓先生过谦,乃止。噫,予今夏可回籍耶?

廿五日　晴　六月八日　星期一

六时起,匆匆到府,七时举行纪念周,八时补写报告并为任鹏写荐信,又为易技士写荐函与萧液垓,均非予所愿也。午后至粮政局查案件,五时回寓。饭毕补写日记。十一时寝,展转不寐,跳蚤嚼人难受,起看数次。

廿六日　晴　早寒　午后极热　六月九日　星期二

五时起,六时半到府,粮政局检送予原报告来,已签数事,实未办出。该局办事迟缓,各员给薪甚厚,设予昨不自往清此卷,彼即束之高阁矣。午后四时即归。饭后清理各事,写杨光第一函。十一时寝。

民国三十一年（1942年） 四月

廿七日 晴 六月十日 星期三

五时起，六时半到府，命仆将杨光第函送去。饭后写各件，午后三时到城访锦文笔店刘桂轩、刘玉瑞，即述陶胞弟、梦闲之堂兄也。与谈半时即归。今日行路甚疲，候汽车不至，是以多行五里矣。城中百物涨价，以后平价之说恐不能行。在松兰斋买芝麻糕、绿豆糕，每小块五角。以从前武汉价推之，每元仅能作一分钱用，可慨也。

廿八日 早阴 午后晴 六月十一日 星期四

五时起，六时半到府，八时往省立医院。途中闻警报，八时半敌机一架到上空矣，与院长杨光第谈一时许，为梦闲谋事非自去不可。杨为大冶中学及省立师范学生，已十八年未见面矣，承其兄为梦闲安置职务。九时半解除警报予方回府，饭毕午睡二小时。午后三时闻府中招待戏子卅馀人，十三桌，都归文艺委员会约聘，其月薪每月二千八百元者数人，以后各送中山服一套，材料、制法与公务员同，真平等矣。但公务员薪水尚不及彼等之优也。阅报，战事不佳，浙赣重要县份均失，倭寇愈张矣。四时回寓，饮大面酒一杯，今日购自城中者。予初到施，大面每斤售二元馀，今售廿二元矣。饮之亦过分，不禁慨然。十一时寝，倦甚。

廿九日　早阴　午后大雨如注　至晚未止　六月十二日星期五

五时起，六时半到省府，因有事。早饭毕，十一时步行至施城，到锦文笔店晤桂轩、玉瑞等略谈，便访民享社周宝善、李达可等。桂轩坚请予吃饭，请陪客熊营长、刘营附等四人，又便约吴羽仙、罗□□等，皆湘籍也。正午至酒店中，菜多，计价当在百数十元，彼以亲戚关系且笔店生意佳，不得不如此，予觉其奢矣。三时半至民享社问各情形。四时半警察局访陈康民局长问各事。天雨未止，请其雇轿回寓，途中逢数次大雨，衣帽皆湿，到寓已黄昏矣。饭后小憩，今夕饮酒多，昏昏早寝，疲倦殊甚。

三十日 晴 六月十三日 星期六

五时起,六时半到省府。阅报,浙省已失地不少矣。英美对日仍无若何胜利也。午后四时回寓,沿途甚热。晚饭后写信二件,清理各事至十一时寝。

五月

初一日　晴热　六月十四日　星期日

八时起,倦甚,梦闲已到施城去。予以疲乏,屡欲作事中止。饭后小睡二时许,午后三时清晒室内各事及衣物等等。晚饭后写信二件,晚十一时寝。

初二日　早阴　午后四时雨　六月十五日　星期一

五时起,六时半到府稍憩即做纪念周,当局严词骂迟到职员,其实钟点已提前五十分矣。府中钟点向来由工役爬早退迟,第二科亦不之禁也。饭后至民厅与祐廷、笠庵晤,各谈片刻出,途中遇雨,归寓饭毕写刘玉瑞等函三件。十时寝。

民国三十一年（1942年）　五月

初三日　晴热　晚八时狂风暴雨约三小时　六月十六日　星期二

五时起，六时半到公。十时阅报，战事无进展，国际情形亦不佳。午后同仁向民享社购买糖果、鸡肉等事，用公函去买，该社答复似供不应求也。四时回寓，连接鄂城来信，均未回复，以精力疲也。十时寝，转钟后梦先室孟夫人，着新蓝夏布褂裤，与予叙渴别事，甚亲呢之。予谓此非汝从前所制浅蓝粗夏布衣也。醒后记忆，孟夫人卒已十年矣。西迁以后示梦时少，即今思其音容，证以往事，令人涕泪欲落矣。

初四日　阴　阵雨时作　时忽转晴　夜雨达旦　六月十七日　星期三

五时起，六时半到府，途中水深，阵雨时来。午后由民享社购得鸡肉、粮食等等。文艺会送来通知，嘱梦闲到会就助理员事,予从前未在就事打算,因梦闲经商予已拒之,不能不为其谋事也。五时回寓,饭后清理家中各事,十一时寝。转钟后跳蚤大作,不能安枕,此屋湿气,连夕均如此。

初五日　晨雨至暮未止　六月十八日　星期四

五时起,大雨如注,六时半到府。沿途水急溪喧,路滑难行,到公后皮鞋及袜均湿。今正至现在雨大者仅见于今日,农人一旬前仍望雨,今嫌雨多矣。今日为端午节,屈指西迁已四年,抗战何时胜利耶?追忆往事,静观将来,不胜感慨危惧也。彼醉生梦死之徒,尚欣然以过端午,吃喝看戏说风凉话,大有过一天算一天之气慨[①],前方士兵官长作战如何,予不知其有何感想也。十一时冒雨回寓,饭后雨尤大。神疲,遂睡至下午四时起,五时晚饭。今日饮酒二次,闷甚,无以自解。晚十一时寝。

---

① 慨,应为"概"。

民国三十一年（1942年）　五月

初六日　阴雨　午后晴　六月十九日　星期五

五时起，六时到府，午后写信二件，约刘桂轩、周宝善明日来寓便酌，并约省府二科李震苍等六人、杨光第院长同席。四时回寓，十一时寝。

初七日　晴热　六月二十日　星期六

五时起，六时到府，午后二时归。四时杨光第先来，旋李震苍等六人来，遂开席。六时半席散，李等去后清理室中各事，至十一时寝。

初八日　晴热甚　晚间尤热　六月廿一日　星期日

五时起，六时到府，八时与包秘书等约定今日下午必到寓。今日为予五十七岁初度，思量国事，眷念故乡，不胜感慨也。午后三时天热如蒸,三时半包等十人先后到寓,自带酒二瓶来。四时四刻开席,菜多酒多,合座欢谭,秘书叔隆酒后唱戏,已忘形矣。六时方散去。晚间热甚,十一时寝。

初九日　热　晴　午后三时阵雨二次　今日夏至　六月廿二日　星期一

五时起,倦甚,足疲,行一时许乃到府,已六时三刻矣。今日纪念周报告仍上次所说重复语。午后至教厅晤朱新民并曾庆诂,为迟生转学事。三时半闻雷声,虑雨又作,遂回寓。晚补写日记,十一时寝。

初十日　晴热　雨　午后四时大雨　六月廿三日　星期二

五时起,六时到府,无多事,写报告亦未毕,连日心烦意乱。接鄂城周治斌、洪英等函。午后四时归,途遇雨。饭后未作事，十时半寝。

十一日 雨 阴 六月廿四日 星期三

五时起，六时半到府，八时开检讨会，视察室与秘书室合并报告，十一时乃毕。午后四时回寓，连日盛传省政府局部改组，但何时实现，未可知也。阅报，连日国内外战事俱不佳，倭寇继续胜利。噫，战祸何时可平耶！十一时寝。

十二日 晴热 夜雨 六月廿五日 星期四

五时半起，六时半到省府。饭后作诗未成，至图书室查管宁辽东帽典，《辞典》《词源》中均未载及。予忆此事载某札记中，皂帽已破十年未换，追晏子一裘三十年之类耶？新补职员杨某曾叙及彼与亡儿根生为省立高中同班同学，尚未知根生已死矣，言之触予悲恸而已。四时出府至包贡九寓，梦闲已在此盖保单，遂与同回寓。天热，汗出如沸，饭后写信二件。晚十一时寝。

十三日　早雨　午后阴　六月廿六日　星期五

五时起，六时梦闲已往文艺会并省立医院去。予六时半起行到府，十一时为梦闲刻印。午后四时半归，知梦闲已就医院合作社事，据说彼甚相宜也。晚饭后写日记，十一时寝，梦沈雪庐师，似其刚卒时情况，赤身卧棺中。雪师殁已廿二年矣，记示梦此为第三次也，伤哉。其子伯名抗战前曾通函，近亦不知如何情状。

十四日　早阴　午后一时大雨如注　至晚十二时未止　六月廿七日　星期六

五时起，六时予与梦闲先后出门去。八时省府开检讨会，十一时停止。午后二时又开会，五时停止，下星期一继续开会。所说改良改进均系做不到之事，废话而已。上下相蒙已成风气，好话说尽，歹事做尽，安有恤民力者耶？五时半回寓，沿途雨大，衣履俱湿。饭后遂睡，九时再起，写日记后，十一时寝后多梦。

十五日　晨大雨　午后三时阴　晚有月光　六月廿八日　星期日

五时起，六时半到府，途中遇大雨，幸伞大，仅湿皮鞋及裤脚。写阳春及昆田函发出。十时半即归，途遇杨自强详述萧液垓此次军队报主席及吴专员赴远安询问此案情形，已将液垓押解来施矣。萧贪恋县长位置，屡不受予劝告辞职，严立三先生亦曾劝其辞职不听，致受此辱，岂非自取其咎欤？然此案尚不知将来如何了结，可为贪位者戒。到寓后饮酒吃饭，颇适。梦闲归，予问以各事毕。午睡二时许始起。下午四时自熬油油雨伞，缘近时空袭间军队干涉打红油伞也。八时又饮酒一杯，食面半盂。十时半寝。

十六日　晴　六月廿九日　星期一

五时起,六时到省府,七时纪念周,所说者予未听入。八时续开检讨会,午后二时又续开会,各员连日报告,指陈政界利弊,言之痛切,当局果采纳欤?予未敢信也。四时散会,予即回寓。饭后小睡,晚起再写日记,十一时寝。

十七日　晴热甚　六月卅日　星期二

四时三刻起,六时半到府。上午写沈廷模、王绍虞,鄂城洪英、周淬成函均发出。午后天气极热,四时回寓,饭后清理室外各事,命刘仆将地打扫,向省府借得铺板等等,因接宣恩电话,迟生明日回施寓也。文艺会送来梦闲薪水九十元,系付整月,当给收条付来人带去。晚九时写信四件,十一时寝后多梦。

十八日　晴　极热　七月一日　星期三

五时起,七时到省府,今日上、下午与滕县长通电话,发鄂城张渭泉、王少泉、洪英、淬成等函各一件。傍晚迟生自宣恩回寓,十时半寝,转钟后梦刘伯英,似乞予计划其谋事者,实已忘其今年三月间已死矣。刘之为人以后殊为舆论所不耻,亦可惜矣。

十九日　晴　极热　七月二日　星期四

四时三刻起,五时半早点毕,六时半到省府。今日又有朝会,八时半起,十一时方毕。各员站立两时半之久,听取总检讨准备之报告。时间过久,各人恐未听入。所说者与所做者不相符,且说此类语已非一次,故无人相信也。饭后小睡二时许,午后四时归,今日未作一事。晚间尤热,寝亦不安。

二十日　晴热甚　午后二时暴风雨一小时　七月三日星期五

五时起，六时半到省府。天闷热，上午未作事。午后闻省府例会，闻程仲苏已免职，调李石樵接行署主任，原之专员缺，调徐会之。胡舜生之总指挥降为副指挥矣。成立医学院，委宜都朱某为院长。阅报，战事紧急，江西失去重要县分甚多，浙江金华、衢州重要地点俱失，浙赣路敌人已攻开截断矣。以后在在堪虞，胜利何时可实现耶？四时半回寓，汗透衣裤。饭后洗澡，室外热甚不能坐。梦闲说话每令予怄气，殊可恶。予自到施在省府，关于人事上怄气，仆役无一善类，亦惹予怄气。在家则一月之中必有数次怄气也。何时还乡离开家口静修数年吃闲饭，则予之愿也。

廿一日　阴　热　晚七时以后雨　转钟雨更大　七月四日　星期六

五时起,六时半到省府,八时半各厅有人来府开检讨会议。予以室中来客多,饭后遂归,清理室内外各事。晚饭后欲作事,以身疲遂止。十一时寝。

廿二日　晨五时以后大雨如注　午后四时晴　七月五日　星期日

四时醒,闻雨甚大。六时起,雨更大,遂未到省府,饭后小睡。午后二时梦闲出语不逊,予连日怄气,多指骂之。人之无良,一至于此,令人追想孟夫人之贤而有礼也。予离家四载,在宜在施境遇恶劣,兼之时为万氏与梦闲怄气。万氏不明大义,梦闲唯利是视,西迁以来予精神上已受痛苦不少,正无处可申说者,每念孟夫人至于流涕,伤哉!晚九时以后补写各处函件备明日发出。十一时寝,不安适,回思往事益觉伤心。

廿三日　晴　极热　七月六日　星期一

五时起，六时半到省府，知又有扩大纪念周，召集各厅处、各机关来听训。七时半人已到齐，空坪中万头攒动，天热甚，主官讲至二小时又十分，听者已不耐，后数排踞地者多。予先与李科长言之，是以未往，否则热成病矣。扩大纪念周太多，听者扪心自问，正不知主官所讲何事也。午饭后往包贡九寓中坐谈半时出，今日自往邮局发艺林、沛霖、阳春、渭泉、少泉、仁山等十二函，皆昨晚所写者也。沛霖函附洋廿元去，托朱土堪代刘晓庶订报，去价廿二元二角。五时方回寓，汗透衣裤，晚饮酒二次，遣闷而已。十一时寝。

廿四日　晴　酷热　据张百熙说寒暑表室内八十六度 七月七日　星期二

六时起，予昨已请假，今晨各厅处全体须往城内干训团做七七抗战纪念。四时到该团集合听讲,就抗战起时计算,今已整五年矣,敌人愈横,英美实力何在,湘赣路又吃紧矣。胜利果何时耶?饭后写信三件,今日饭酒三次,睡二次,天热不能作事,想见行路之人与本府办公室狭小,职员已热不可耐。政府日日言为公务员谋福利,纪念周所报告尤好听。乌乎!将谁欺耶。晚十一时寝。梦孟夫人不异平时,似往何处,予为之送行,有恋恋不舍之意。噫,孟夫人卒已九年,近月频频示梦,何耶?

廿五日 晴热 午后三时小雨 今日小暑 七月八日 星期三

五时半起,七时半往省府。十时陈挽澜来,彼到施已三日矣。述宜都各事,与谈二小时方去,又述陈寿梅之子已当团长矣。其子为三一中学学生。环顾吾身垂老,尚须扶值两幼子,不胜感慨。得胡升、林均中函,并发邓廉溪等四函。午后拟至建设厅请石砥中看足疾,雷雨欲来,遂回寓。饭后睡二小时乃起,天气转凉,大约他处已大雨矣。朱祐廷今午到府辞行,谓晚间至城内宿,同伴有十馀人。往鄂南走，并可至其老屋看看，再渡江至鄂东行署云云。祐廷去年四月来，今年五月回去，所谋皆遂，尤令予增无限感想耳。十一时寝。

廿六日　晴　极热　七月九日　星期四

六时起，七时到府，今晨所谓朝会及处务会报予均未到，盖一切欺人演说已厌闻之矣。庄子曰"以身教者从，以言教者讼"，其此之谓欤？饭后发胡升等函三件。午后三时至建厅访石砥臣同学看足疾，至店子坪剃头，并发刘汝璹挂号信，附晓庶定报单一纸。五时半回寓，饭后补初八日《生期有感》诗四首，并和朱祐廷《归黄州》诗一首。十一时半寝。

廿七日　晴　极热　七月十日　星期五

五时半起，六时半到府，府中办公钟点提前半时，中间歇四小时备午餐后午睡之用。去年以此时间避空袭，今年敌机未来，各员精神上不感此种痛苦矣。今日天热未作事，午后二时即回寓，晚亦未能作事。十一时寝。

廿八日　晴热　七月十一日　星期六

五时起，七时到府，连日阅报，战事不见转好，浙、赣两省失地甚多。午后补作前日未竣之诗。五时谭叔隆请客，府中同事十八人，馀为外客六人，酒肴均佳，天热未能多饮。八时席散，九时方归，洗澡后补写日记。十一时寝。

廿九日　晴　酷热　七月十二日　星期日

七时起，今晨未往省府，天热如蒸，在寓休息，偶或补写杂件而已。晚间尤热，手不停扇，大约寒暑表今日总在九十度以上也。十一时寝，不干汗。

六月

初一日　晴　极热　九十四度　晚六时雷声大作　雨仅半时即止　七月十三日　星期一

五时起，六时到府。上、下午均热，不能作事，写壬午生日诗四首示陈豫生并请和也。午后热甚，今日纪念周及开合作社讨论会，以热故均未参加，四时半回寓。晚间大雷阵雨半时。十一时寝。

初二日　晴　极热　时有阵雨　七月十四日　星期二

五时半起，六时半到省府，十时开检讨合作社大会，经理、监事指出社中弊病甚多。午后热甚，三时予遂回寓，十二时寝。

民国三十一年（1942年）　六月

初三日　晴　极热　阵雨三四次　七月十五日　星期三

六时起，七时到府。十时阅报，江西战事似转好。午后二时半即归，天热未能作事，十一时寝。

初四日　晴热极　阵雨二次　今日初伏　七月十六日　星期四

六时起，七时到府。十时龙智仙来晤，便与谈各事。今日热甚，午后四时归，饭后未作事，晚寝后多梦。

初五日　晴　极热　晚有风　七月十七日　星期五

六时起，七时到府，十时用电话问许云涟各事。午后四时约龙智仙来吃饭，晚六时别去，十一时寝。

初六日　晴　酷热　七月十八日　星期六

六时起，七时往省府。今日买得柴米分交刘、蒲二仆送寓。午后四时易冀生请客，为陈启育饯行也。同席者李延炎、周杰雨参谋员、卢镜澄、朱□□、袁科长、阎秘书及张孔容等，七时散席。予归时途中以滑几跌矣，晚间以后不宜行路也。回寓洗澡毕，疲甚，十时寝。

初七日　晴热　午后四时阵雨半小时　七月十九日　星期日

八时起，今早未到公。午后以热甚亦未作事，足疾未愈，觅好酒不得，未能急治也。十时寝。

初八日　晴热甚　七月二十日　星期一

五时起，六时半到府。今晨纪念周并合作社选举，予均未去，一则厌闻之门面语，一则重重黑幕之组织也。下午予总值日，至五时半方归。归途热甚，汗淋淋，足疲软，真以为苦矣。饭后洗澡，十时寝。

初九日　晴热甚　室内寒暑表应有九十六度　七月廿一日　星期二

五时起，六时欲出门，黄推事文卿来，遂陪与谈廿分钟，同行至省府，十一时半予值日责任已了。饭后覆黄龙斗等函共八件，均发出。四时归，热甚，汗出衣湿，行路气促如衰翁，奈何！到寓洗澡，休息半时，饭毕未能作事，十一时寝。

初十日　晴　酷热　七月廿二日　星期三

五时起，六时出门，七时到府。连日天热，到府后亦不能作事。阅报，德苏战事德占优势，苏联着着败退。假如苏失败，倭寇必趁火打劫，苏联危矣。中倭又必起剧烈之变化，奈何奈何！午后四时回寓，晚十一时寝，多梦。

十一日　晴　酷热　今日大暑节　七月廿三日　星期四

七时起，八时到民厅，因昨晨建始黄紫铨来函为其侄呼冤事也，与陈右军谈半时出。回本府布置请陈启育公饯事。九时半有警报，予至大洞口避之。与严道生等闲谈，十一时至包贡九寓，为启育举行公饯，席间宾主尽欢，惟天热不可耐也。闻萧液垓今午可出狱，时局如此，萧恋恋于县长一缺，致受此屈。昨闻保康刘沛然县长夫妇同时自杀，其性命与庸夫妇不若。噫！近时军队、各机关团体、下等民众直把县长不当作人看待，然则省政府民厅应将县长作人类看待矣。且闻刘县长致死之因系被朱厅长怀冰在大会场中骂了一顿,驯至自尽。果尔,则政府以后对于各县长将何以自解耶?午后一时自包宅竟回寓。晚热甚,未作事。十一时寝,多梦。

十二日 晴热甚 午后四时阵雨半时许 七月廿四日 星期五

七时起,八时到府,饭后写滕昆田、袁炳南二函,袁已十馀年未见面,予不知其已由德返国至渝也,昨朱生光祖来府言之。午后具条请假三日,拟明日不去。四时回寓,饭后因雨略改凉,与梦闲说各事,教以公文签条诸法。十时寝,转钟后多梦。连日足疾未愈,昨日头额又为木钉戳伤,迩时痛不可忍,愈增予之焦燥耳。

十三日 晴热甚 晚小雨片刻 七月廿五日 星期六

八时起,疲倦甚,今日未至府。午后刘仆引一卖板炭人来寓,价每担八十元,可谓奇矣。去年此际每担十八元,天下事俱可作此推测。抗战不胜利,吾辈如不回本籍,倘再牵延半年,物价之增涨必至不可思议之境矣。当局果能救济欤?晚小雨片刻即止。连日四乡望雨,谓旱灾较去年重云云。十一时寝,多梦且杂,似已回县矣。

十四日　晴热甚　小雨　七月廿六日　星期日

八时起,连日早睡甚恬,晚间已睡足八小时,身体稍适。饭后写信二件,备明日发出。午后热甚,未作事。晚闻德苏战事不佳,苏已败矣。国内战事亦不佳。噫,抗战胜利果何时耶?十一时寝,多梦。

十五日　晴热甚　七月廿七日　星期一

八时起,昨睡甚安。饭后写信二件问鄂城情形。午后热甚,不能作事。晚间仍热,闻此地土人云,施南向无此热,近省府西迁,气候已变矣。理或然也。晚十一时寝,梦已回县，社会情状如平时，惟闻敌人未走尽耳。

十六日　晴　早阴　热甚　午后暴风雨半时即止　七月廿八日　星期二

六时起，七时到府续请假，与诸人问各事。阅报，苏俄似未能支持。浙、赣各据点已收复者仍为敌人占去，敌尚在猛攻，各处可危也。十时半回寓，饭后刘仆挑米来，命之斫树搭凉棚，久未实行者。天气热，无人帮助似难成功。晚间未能作事。十一时寝，多恶梦。连夕睡后思孟夫人平时情形。夫人殁已八年馀，犹令人不能忘，以之较万、刘二氏，其贤不肖天渊矣。

十七日　晴　酷热　大约表在九十度以上　七月廿九日　星期三

七时起，假未满，在寓休息，午后天热未能作事，欲写信，执笔即倦矣。晚间室内蚊声如雷，天干甚而蚊大且恶，不能外散，以艾火逐之，仅令蚊伏而已。十一时寝。

十八日　晴　酷热　大约表近百度　七月卅日　星期四

八时起，饭后写信致蕴玉，寄麝香二枚，自缝包裹寄去。玉儿来函，彼已就工人子弟学校教员，月可得薪三百馀元，可见重庆人才之缺乏也。晚未作事，十一时寝，连夕虽热，但睡后甚恬，多梦。

十九日　晴　酷热　寒暑表室内已逾百度　七月卅一日　星期五

七时起，八时以后写复各处函件，晚间热不可耐。问之本地人，云近数十年来无此奇热，殆乖气也，今年又秋干，苞谷已枯死，荒象也。阅报，国内外战事俱于我国不利，奈何奈何，岂真中国劫运欤？十一时寝。

民国三十一年（1942年）　六月

二十日　晴　酷热　闻昨日热至百十馀度　八月一日　星期六

六时起，与迟生同往城内购酒及酱油，买药。天热如火，行路气喘，十时半转到土桥坝，遇胡子涛、蒋笠庵、周笠渔，约至经济食堂便饭，有包贡九同桌。饭毕至贡九寓略坐谈，往省府取信件。午后二时回寓，热甚。因急欲回复各处函件，写孟庆潏、周印澄、刘萃三、邓虚若、沈廷模、孙三元、邓廉溪、胡伦芬等八函，写竣已十二时矣，遂寝。

廿一日　晴　酷热如蒸　八月二日　星期日

八时起，将昨写各函嘱梦闲送邮发出。午后更热，大约已有百度上矣。晚间写复冯艺林、辜南杰二函，又向省府借薪函。十一时寝。

廿二日　晴　酷热　时起南风　八月三日　星期一

七时起，命迟生送信至省府借款并向教厅为孙三元考女师研究院事。饭后写梅先林、孟啸鹤、曾心如、李石樵、蔡德瑜函，为询朱阳春下落，又孙三元函告以考试事，共六函。室中热如火，南风时起，送热到室内如烘，此地昔日炎天不热，抗战以后得此现象，勿乃奇怪欤？十一时寝。

廿三日　晴　酷热　八月四日　星期二

七时起，上午未作事，连日天气热不可耐。午后卢雨卿自咸丰来乞函荐事，此人轻浮如旧，油头皮鞋，闻其就好事八个月未馀一钱，可想其他矣。晚十一时寝。

廿四日　晴热甚　八月五日　星期三

七时起，饭后写信三件。午后热甚，未能出门一步，幸昨已搭凉棚，室中阳光晒入时少耳，清理室中各事。晚热，室内蚊多，必用艾叶薰之稍好，甚为可恨。

廿五日　晴　酷热　八月六日　星期四

七时起，匆匆往省府取信件，问各事。查阅报纸，苏俄未见胜利，但高加索尚未失去；国内战事，我军仍守原地。教厅长约谈话，谓朱厅长有电致彼，嘱荐予往教育学院任教授国文云云。至省银行取款，系重庆电汇请予转韩素贤之洋五佰元。素贤何人耶？问省行亦不之知。十一时回寓，热不可耐，途行气促，如此天旱，秋季民食必取恐慌矣。予春间料此间年岁必丰收者，真妄下断语矣。岂知天佑倭人，不与华人以好景象耶。晚仍热，十一时寝。

廿六日　晴　酷热　九十三度　八月七日　星期五

七时起，九时以后酷热如蒸，明日立秋，天气仍早晚奇热如一，并无改凉之时，此与武汉之热何异。予自西迁后，宜昌、巴东、施南之地热不减武汉，且时间较长。去、前两年热三月馀之久，乃已人畜病重，乖气弥天，可慨也。饭后足疾未减，卧床上。今晨定儿顽皮不归，为予责数次。午后四时田姓小狗发疯咬人，其家已有大小四人被咬，予未之知也。予卧床上闻定儿哭回，谓手指被咬出血，尚不知为田姓疯狗。万内子以布包之，刘内子回时问及之，乃知田姓狗已疯，被击逃矣。心烦意乱，明日当治之。晚仍热，十一时寝。

廿七日　晴　酷热　午后四时暴风雨半时即止　今日立秋节　八月八日　星期六

七时起，往省府问各事，清理信件，闻刘廷著告予各事，往看易衍道。访蒋笠庵，未在家，午后一时归寓，记从前家藏疯犬咬方，嘱梦闲至城内检药，定生无甚异状，俟明午笠庵来再酌之。今日热甚，午后四时暴风雨半小时，晚十时仍热甚。予念定生被狗咬事，心不安，十一时半寝。

廿八日　晴热　午后阵雨二次　八月九日　星期日

七时起，梦闲入城买药。嘱迟生接笠庵，彼有事，入城开一方来，即前日报纸所载人参败毒散加地榆与紫竹根二味，予虑药力小，今日当用班麻、红娘等药治之，以毒攻毒，此旧方有效者也，晚命定生服此药，冀其早吐泄出毒也。饮药时照此间俗例击铜器，定生服药后戏玩半时乃寝，予睡未安枕，时时注意种种变态也。今午易衍道来寓，午餐毕去。

廿九日　晴热甚　午后阵雨暴风一次　八月十日　星期一

六时半起，定生昨夜服药后无甚变态，大小便如常，亦未变色，如此药力何以不能达到耶？一切饮食如常。予八时半往省府问之各同事，治方与蒋立庵所抄方同，饮药时亦须击铜器。吴秘书云湘人被疯狗咬者，仅饮紫竹根水可解毒。陈庆复谓万年青连根挤水饮之可解。昨日省立医院杨院长云打针无药，治狂狗咬伤药水名狂犬病血清，价甚昂，施南无售者。杨接事未久，予疑前任以此种贵药未移交亦未可知，遂请罗迪煨电话卢处长，设法谋之。得讯卢允今午带小儿去打针，有办法云云。午后回寓，梦闲在城未回，饭后乃告之。四时带定儿去打针，晚归云明晨打针药水已到，此则罗迪煨请求之力也。七时仍命定生续服药并加红娘一个，木通、大黄两味，服药时仍同昨夕击铜器。定儿活泼玩皮如常，十时寝后甚安。予十一时寝，时时注意儿服药后之变化也。连夕多梦，心神不宁。

三十日　晴热甚　午后四时雷声震屋者二次　暴风小雨片刻　八月十一日　星期二

七时起，定儿已先起床，玩笑如常，小便略黄，似无痛苦，此药何以不验？加大黄、红娘烈药而仍不泄，此儿

民国三十一年（1942年） 六月

身体与常儿不同耶？八时梦闲带之至院打针。十时李科长专差送信来，内附马副官函，云狂吠咬药名狂犬病血清，每盒价五百元，重庆有售者，价太贵，穷人用不起，如十分需要可商请刘处长看有无办法云云。梦闲到院，今日打针或系此药，昨闻汪科长家中云每盒需千元也。十一时廖玉田来借折子买布，便托其送函与包贡九、周印澄并便取予之信件，嘱其必来寓中，回信久候不至。午后四时雷声震屋二次，阵雨二次，暴风一刻钟即止。傍晚梦闲带定生方回寓，问以各事，定生已打针，闻此药每盒十四管，须用七管，每日打一次。定生小便略带深黄，大便亦无异状，仍活泼玩皮。已打针，然不能吃中药，惟紫竹根煎水，予嘱其常饮，总有益也。今日民享社作集团结婚联二副已成，为罗迪烺代作。写韩潛之母八秩寿颂亦补成，明日当自带府中分别交之。晚间写信二件，俾明晨到府去发。十一时寝，多梦。